KB079723

프루스트 클럽

초판 1쇄 발행 | 2005년 9월 10일
10쇄 발행 | 2019년 12월 10일
지은이 | 김혜진
펴낸이 | 최윤정
펴낸곳 | 바람의아이들
만든이 | 강지영 박한솔 김재이 양태종
등록 | 2003년 7월 11일(제312-2003-38호)
주소 | 04001 서울시 마포구 동교로 17안길 43-4
전화 | (02)3142-0495 팩스 | (02)3142-0494
이메일 | barambooks@daum.net
제조국 | 한국
구독 연령 | 11세 이상

www.barambooks.net

ISBN 978-89-90878-24-3
978-89-90878-04-5(세트)

김혜진 지음

바람의아이들

차례

일본, 겨울, 미술관으로 가는 길

단조롭게 흔들리는 손잡이. 창으로 곧게 내리꽂히는 햇빛. 드문드문 사람이 앉은 전철. 아직은 아침의 분위기가 가시지 않은, 긴장감과 나른함이 뒤섞인 오전. 알아들을 수 없지만 받아 적을 수는 있을 것 같은 안내 방송이 리드미컬하게 울리고, 전철은 서고, 간다. 역에 설 때마다 손바닥만 한 노선도를 들여다보며 이름을 확인한다. 창문으로 지나쳐 가는 도시의 풍경. 거대한 짐승의 위 속에 들어 있는 기분으로, 낯선 나라에서 낯선 길을 지나 나는 고흐의 전시회를 보러 간다.

고흐 전시회가 열린다는데. 아빠는 내가 읽을 수 없는 글자로 된 신문 기사를 가리켰다. 윤오 너 고흐 좋아하잖아. 한번 가 보지 그러니.

내가 고흐를 좋아했던가, 그런 말을 한 적이 있었던가. 나는 그냥 아빠가 적어 준 역 이름 메모와 지도와 전철 노선도를 받아들었다.

소리 없이 전차가 서고 문이 열리고 교복을 입은 여자 아이들 몇이 뛰어들어온다. 빠르게 말을 주고받으며 웃음을 터뜨린다. 조용했던 전철 안이 갑자기 생기를 띠고, 나는 눈을 감았다.

수능 점수는 예상보다 나빴다. 수능을 보고 난 뒤의 세상은 장밋빛이 아니었고 나는 집 밖에 나가지 않고 책만 읽었다. 귀찮아져서 안정권 내 대학에 원서를 쓰고 결과를 알기 전에 엄마와 일본에 왔다. 아빠는 봄이면 아예 한국에 돌아올 생각이어서 그나마 마음 편하게 일본에 갈 수 있는 마지막 기회였다. 오빠는 군대에 있어서 같이 오지 못했다.

아빠가 사는 동네 구석구석을 혼자 돌아다니고 서점과 가게를 구경하고 공원과 박물관에 갔다. 일본어는 한 마디도 몰랐지만 말없이 사는 것은 쉬운 일.

눈을 감고 있는데도 붉은 햇살이 보인다. 말은 못 알아듣는데도 웃음소리는 귀에 꽂힌다. 짜증이 난다. 자리를 옮길까 했는데, 바로 다음 역에서 아이들은 내려 버렸다. 전철은 다시 침묵과 햇살만으로 채워진다. 허탈해졌다.

왜 이런 기분이지, 어차피 이럴 것을 알고 있지 않았던가. 이 뒤엔 아무것도 없다는 것을. 마지막 장까지 겨우 넘겨 왔지만 책을 덮고 나면 아무것도 없는 것처럼.

일본에 있는 게 다행이라고 생각했다. 들리지 않고 읽히지 않는 곳. 자연스레 나와 세상을 가르는 막이 생겨 그나마 생각을 덜 할 수 있다. 아까처럼 예상치 않게 막이 벗겨지지만 않는다면.

나는 전철 노선도를 접어 주머니에 넣었다. 내릴 역을 지나쳐 버려도 좋을 것이다. 하지만 나는 내가 그러지 않으리라는 것을 안다.

미술관은 바닷가에 있다. 역에서 미술관까지 거리는 좁고 겨울처럼 청결하다. 세차게 바람이 불고 손이 시리다. 장갑 가져오는 것을 잊었구나, 아무리 주머니에 손을 쑤셔 넣어도 손가락은 얼음물에 담가진 듯 녹지를 않는다.

고흐의 진품이 오는 것은 드문 일이고 그걸 보러 오는 사람은 너무 많았다. 미술관 입구부터 사람들이 줄을 서 있다. 나는 줄 끝에 서면서 여기에 온 것을 후회하기 시작했다. 멍하니 내 앞과 뒤의 사람들이 말하는 것을 듣는다. 어떻게 비슷해 보이는 사람들이 서로에게 전혀 통하지 않는 말을 할 수 있는 것일까. 나는 그 말들을 알아듣고 있다고 착각한다.

한참 기다려 들어간 미술관 안은 덥고 답답하다. 힘겹게 숨을 쉬며, 사람들을 헤치며 걷는다. 그림들을 본다. 해바라기라든지, 아이리스라든지, 실편백나무들. 밤하늘과 별들. 뻔하잖아, 복제품이랑 뭐가 그리 달라? 괜히 왔다고 다시 한 번 생각하는데, 그 그림. 내가 잘 알고 있는 것.

나는 발을 멈추었다. 까마귀와 태양과 들판. 들판은 노랗고 푸르다. 검게 뭉개진 얼굴의 남자. 씨 뿌리는 사람. 까마귀들.

두근. 가슴이 울렸다. 두근. 오랫동안 잊고 있었던 기분. 어떤 열기. 나는 그 그림 앞에서 서 있었다. 조금씩, 즐기면서 맞춰 가자구. 누군가 말했다. 인쇄되어 지그소 퍼즐로 조각난 그림과 진짜 그림은 너무 다르고 또 너무 똑같다. 뜨거움. 흔들림. 진동. 불이 켜지듯 떠오르는 영상.

나무 탁자 위에 쏟아진 퍼즐 조각. 뒤는 풀색, 앞은 그림.

그림이 앞으로 오도록 다 뒤집어 놓아야 맞추기가 편해. 나원이가 말했다.

그래, 나원이가 말했지. 그 여름.

이게 뭐지? 이 느낌은 무슨 뜻이지.

손톱이 닳은 뭉툭한 손가락으로 가슴을 확, 긁는, 느낌. 아프고, 시원하다.

쾅. 문이 닫히는 소리가 났다. 그러자 저 건너 어딘가에서 살며시 보이지 않는 문이 열리고 가벼운, 거의 느껴지지 않는, 그러나 분명한 바람이 불어왔다.

나는 바람이 부는 곳으로 걷는다. 어딘가 문이 있다. 잊고 있었던 문이 열렸다. 그래, 저런 문이 있었지. 차갑고 뜨거운 빛깔의 청동 잎과 꽃과 줄기로 장식된 문. 잊고 있던 곳으로 통하는 문.

문 너머에서 무엇을 발견하게 될지 나는 이미 알고 있었다. 문 안에 있는 것은 잊고 있었던 정원, 잊고 있었던 길, 잊고 있었던 호수, 잊고 있었던 세계. 세계의 잔해.

부서진 것들이 보인다. 조각난 것들. 잊혀진, 잃어버린 시간들.

조각들은 방금 깨어지기라도 한 것처럼 날카롭다. 조금도 닳지 않았다. 반짝, 빛나는 것인가?

퍼즐을 맞추던 곳. 카페. 잃어버린 시간을 찾아서. 나무 간판의 하얀 글씨. 노랗고 따스한 불빛. 나무 탁자의 결. 작은 문. 상자에 담긴 책. 검은 지하 호수. 오데뜨, 제영군. 그리고 효은이. 효은이가 마술처럼 퍼즐 조각 하나를 끼워 맞추었을 때. 그 가을과 겨울의 골목.

너무 갑작스레, 너무 많은 것들이 떠오른다. 불씨가 바람에 불꽃으로 일어나 들판을 뒤덮는 큰 불이 되듯이 막을 수 없다. 순서도 없이, 맥락도 없이 만화경 속에서처럼 뒤섞이는 기억들. 가슴인지 머리인지, 뜨거워진다.

열여덟이 된다고, 이상해, 싫은데. 그 겨울. 효은이가 말했다. 짝수라서 그래. 홀수 나이가 더 나아 보여. 그럼 열아홉? 그건 더 싫은데. 나는 열일곱, 나원이는 열여덟.

스물이 되면, 스무 살이 되면 어떨까.

똑같을 거야. 더 좋을까? 지금만큼은 아닐 거야. 그렇게 이야기했는데. 나는 이제 스물.

아니, 기억하고 싶지 않아. 부서진 것을 잇고 싶지 않아. 이제 그만 이 그림을 보겠어. 이제 그만 이 조각들을 보겠어. 도로 문을 닫겠어.

하지만 언젠가는 마주 해야 할 때가 와. 누가 말했지? 언젠가는, 바로 지금처럼.

내 뒤에 서서 그림을 보던 사람들이 나를 민다. 나는 움직이지 않는다. 사람들은 내 앞으로, 뒤로 지나간다. 움직일 수가 없다. 나는 움직이지 않고, 참고, 또 참으며 그림을 본다. 가슴이 잘게 찢기는 기분이 되고 끝내는 아무것도 남지 않은 것 같을 때까지. 조각을 다 맞출 때까지. 갈라진 것들이 이어지도록.

이 그림, 이런 것이었구나. 이렇게 하나였던 것이구나. 이 그림 앞에서, 내가 가진 것, 온전하다 믿었던 것들이 깨어졌던 날들을 생각하지 않을 수 없다. 깨어진 조각들을.

손을 베어 피투성이가 되더라도.

나는 손에 가득, 조각을 쥐고, 맞추기 시작한다.

1

시작 이전

전학 간 날에는 가는 비가 왔다. 오월 같지 않게 덥다가 비가 오니 서늘해졌다. 버스 정류장에서 학교까지, 오르막길에는 키 큰 은행나무들이 줄지어 서 있었다. 늙은 나무라도 봄의 새 잎은 어린 연두색이었다. 가지를 늘어뜨린 암그루들 밑에는 통통한 애벌레 같은 노란 은행나무 꽃들이 빽빽하게 떨어져서, 멀리서 보면 땅에 밝은 불이 켜진 것 같았다.

새 학교는 붉은 벽돌 건물. 벽을 타고 오른 담쟁이덩굴도 비에 젖은 연두색이었다. 학교 예쁘지? 엄마가 물었다. 응. 나무가 많네. 바람이 불자 나뭇가지가 한 방향으로 기울어 흔들렸다. 누군가 내 짧은 머리카락 속에 차가운 손가락을 넣은 듯 오싹했다.

잘해 보자. 엄마가 말했다. 잘해라, 가 아니라 잘해 보자, 라고 말했다. 이인삼각 경주에 나가는 사람들처럼. 학교에 가는 것은 나뿐인데. 응. 나는 그냥 대답했다.

새 학교 아이들은 대충 다 착했다. 노는 애도 있고 공부하는 애도 있고 예민한 아이들도, 둔감한 아이들도 있다. 늘 그렇다.

선생들은 반 정도는 여리고 반 정도는 손보지 않은 가죽처럼 질겼다. 재미있는 선생도 있고 지겨운 선생도 있다. 별 신경 쓰이지 않는 선생들도, 긴장해야 할 선생들도 있다. 늘 비슷하다.

나는 말이 없어졌고, 신중해졌다. 말하지 않기. 보지 않기. 틈을 보이지 않기. 티가 나지 않도록, 조심스럽게. 한 걸음 물러서고 나면 한 걸음 다가와 끌어 내는 사람은 없었다. 한 걸음, 한 걸음 더. 원하는 만큼 물러설 수 있었다. 다른 사람들과 나 사이의 거리. 무한한 척력으로 채워진 공간.

조용한 하루하루.

새 학교의 아이들은 내가 예전에 어떤 아이였는지 몰랐고 지금 어떤 아이인지도 몰랐다. 거리감을 유지하는 건 옛 학교에서보다 쉬웠다.

나는 계속 책을 읽었다. 새 학교 도서관에는 세로로 인쇄된, 곰팡이 냄새를 풍기는 낡은 책들이 많았다. 책만큼 늙은 사서 선생은 왼쪽 눈이 무너지듯 일그러져서 안경 너머로 눈 한 개만 물기를 머금고 번들거렸다.

복도는 늘 어두웠다. 비라도 오는 날이면 몇 개의 전등으로는 몰아 낼 수 없는 낡은 회색 어둠이 복도 구석에서 기어 나온다. 나는 어둠이 움직이는 것을 본다. 비 냄새. 종이 울린다. 아이들은 뛰고 선생들은 피곤한 걸음으로 걸어 들어온다. 그 모든 것들은 희미하다. 생생하게 느껴지지 않는다. 나는 막에 둘러싸여 있다. 막 바깥에서 움직이는 것들은 사람인지 나무인지 바람에 날려가는 검은 비닐 봉지인지 구별되지 않는다. 소리조차도, 듣지 않으려 하면 듣지 않을 수 있다. 눈을 감는 것처럼.

가끔 전학 오기 전 학교의 꿈을 꾸었다. 어떤 꿈에서 나는 선생과 엄마와 함께 상담실에 앉아 있었다. 어차피 얘 오빠 대학이 여기서 너무 멀어서 이사를 가려고 했어요. 윤오도 전학을 해야 하는 거였어요. 자존심을 꺾지 못하는 엄마는 그게 이유라는 듯 웃으며 말한다. 선생도 웃으며 고개를 끄덕인다. 잘 됐네요. 윤오한테도 그게 좋겠어요. 어머니도 내년이면 학교 옮기신댔죠? 그쪽으로 가시면 되겠네요. 화기애애한 분위기. 선생들의 대화법.

나는 고개를 숙이고 아랫입술 안쪽을 피가 나도록 깨물고서

꼼짝도 하지 않는다. 이대로 더 있다가는 입술 안쪽 살이 한 입 뜯겨 나가게 될 것이다. 자리를 박차고 일어날 것이다. 선생에게 달려들지도 모른다. 눈치 빠른 선생은 대충 마무리를 지었다. 그 학교 가서도 공부 열심히 해라. 윤오는 머리 좋으니까. 꿈에서조차, 나는 아무 말도 하지 못한다.

꿈에서 깨자 비리고 신 피맛이 났다. 아팠다. 나는 입술 안쪽을 만져 보았다. 어둠 속에서 까맣게 보이는 피가 손가락에 묻어 났다.

새 학교에서는 밤 열 시까지 야간 자율학습을 했다. 나는 천천히 가방을 챙겨서 맨 마지막에 교실을 나왔다. 내가 현관을 나서면 기다렸다는 듯 일층부터 사층까지 교실 불이 투두둑 꺼졌다. 텅 빈 어두운 운동장. 날이 맑은 밤이면 별이 몇 개 보였다.

소풍날은 머리와 배가 아파서 쉬었다. 소풍인데 안 가도 돼, 어차피 개근상도 못 받는데. 엄마는 잠깐 이상한 표정을 지었다가 맘대로 하라고 했다.

옛 동네에 있는 학교까지 가야 하는, 중학교 수학 선생인 엄마는 일찌감치 출근하고, 대학생인 오빠는 늦잠을 자다 헐레벌떡 뛰어나가고, 나는 거실에 누워 하늘을 보았다. 아직 익숙하지 않은 창문틀 밖으로 보이는 익숙하지 않은 동네의 익숙하지 않은 하늘. 나는 잠이 들었다 깨었다 하면서 해가 질 때까지 그러고 있었다. 다음 날 학교에 갔을 때 누구도 왜 어제 안 왔냐고 묻지 않았다. 무관심. 만족스러웠다.

날이 갑자기 더워졌다. 무거운 춘추복을 벗고 하복을 입으니 옷을 안 입은 것처럼 허전했다. 햇살이 뜨거울 때 집에 오는 토요일에는 교복 아래로 땀이 배었다가 북향이라 서늘한 내 방에 들어가면 곧 식었다. 침대 위로 고꾸라지듯 쓰러져 누워 있으면 옷자락에 묻어 온 태양 냄새가 시원한 이불 감촉과 뒤섞였다.

새로 이사 온 아파트 뒷담 벽에 무성하게 잎을 달고 뻗어 올라간 줄기가 담쟁이도 아니고 무언가 했더니 능소화였다. 빛고운 주황색 꽃이 가득 피니 정말 여름 같아졌다.

여름. 정신을 차리고 보니 여름이었다.

2

두 개의 '잃어버린 시간을 찾아서'

여름 방학을 했다. 두 주 동안 오전 보충 수업이 있었다. 학기 중보다 피곤했다. 집에 오면 점심도 먹지 않고 잠을 잤다. 여름 오후는 길고도 끈질겨서, 아무리 자고 또 자도 눈을 뜨면 환했다. 텅 빈 집 안을 채운 늘어진 햇빛. 밤이 되어도 공기는 식을 줄 몰랐다.

방학을 한 엄마는 아빠를 만나러 일본에 갔다 왔다. 아빠는 잘 지내신다고, 그런데 추석에는 못 오실 것 같다고, 겨울에나 오신다고 했다. 추석도 겨울도 까마득히 먼 이야기 같아서 반년 전에 회사 일로 일본에 간 아빠를 다시 보게 되리라는 생각도 들지 않았다.

학교에서 하는 여름 보충 수업이 끝나고 나는 조금 먼 동네에 있는 도서관에 다니기로 했다. 책이 많고 정원에 나무가 많았다. 버스 정류장부터 도서관까지 가는 골목은 조용했다. 엄마는 오빠가 다녔던 도서관이라서 만족해했다.

아침에 버스를 타고 도서관이 있는 동네로 온다. 골목을 올라가면 도서관 정문. 정문을 지나 얕은 언덕 위 도서관. 열람실에 자리를 잡고, 책이 있는 자료실에 가서 책을 읽고, 점심을 먹고, 다시 열람실에 돌아가 문제집을 풀었다. 매일같이 한두 권씩 책을 빌려서 집에 와서도 밤늦게까지 읽었다. 책 속의 세계는 언제나 정해진 규칙을 따라 돌아가고 언제나 끝이 있었다. 흔들리지 않는다. 기댈 수 있다. 평온한 날들이었다. 평생 이렇게 살 수 있을 것도 같았다.

그런데 어떻게 그 일들이 시작되었을까?

정말로 이상한 일. 있을 법하지 않은 일. 그 여름 아침에, 끌리듯 도서관 옆 골목으로 올라갔던 일.

그 골목 입구에는 일제 시대에 지어졌음직한 오래 된 집 한 채가 있었다. 밋밋한 회갈색 벽이며 날카로운 각도로 기운 지붕은 어쩐지 위태로웠고 다락방이 있을 법한 지붕 밑 둥근 창에는 노랗고 붉고 푸른 색유리가 끼워져 있었다. 나는 도서관에 올 때마다 한번 가까이서 그 집을 보고 싶다고 생각했는데, 늘 도서관 쪽으로 돌아서면서 잊어버리곤 했다.

그런데 그 날은, 도서관 쪽이 아니라 그 골목을 향해 걸었다. 언제나 그리로 걸었던 양 자연스러웠다. 누가 봤으면 자기 집에 들어가는 아이라고 생각했을지도 모른다.

가까이 가서 보니 그 집에는 누가 살고 있는 듯, 낡았다 싶었던 철제 대문은 새로 페인트를 칠한 것이었고 편지 몇 통이 얌전히 우편함에 꽂혀 있었다. 어쩐지 실망스러웠다.

봤어, 이런 거였어. 그러고는 돌아서서 도서관으로 갈 수도 있었다. 하지만 나는 그 좁은 골목을 따라 천천히 걸어 올라갔다. 그건 관성과도 같은 힘이었다. 그냥 돌아서면 어지러움에 쓰러질 것 같은 기분.

골목은 좁고, 낡고, 조용하고, 투명한 끈끈함으로 채워져 있었다. 공기가 아닌 무엇. 액체, 고체? 그래도 숨을 쉴 수 있게 하는 것. 구부러진다. 끝이 보이지 않는다. 갑작스레, 길은 여기가 아닌 어딘가로 이어져 있을 것 같았다.

갑자기.

잃어버린 시간을 찾아서.

그 위에 조그맣게 적힌 'cafe'라는 글자. 카페라고. 그 말이 없었다면 정체를 알 수 없었을 것 같은 간판이었다. 짙은색 나무 판자에 흰 글씨. 푸르고 노란 기가 도는 바랜 하얀색. 낡은 이층 건물 입구, 눈높이보다 아래에 달린 간판이었다.

카페가 있을 법하지 않은 장소였다. 골목은 좁고, 낡고, 사람도 지나다니지 않는다. 오른쪽 옆으로는 고풍스럽다 못해 민속박물관에나 재현되어 있을 법한 쌀 가게가 있고 왼쪽에는 이미 문을 닫은 모자 가게가 있었다. 모자 가게 유리문에는 어디 잡지에서 오려 내었을 모자 사진 몇 장이 남겨져 햇볕에 누렇게 바래 가고 있었다. 간판이 달린 입구 안쪽은 곧장 지하로 이어진 계단이었다. 아래는 빛 한 조각 없이 캄캄해서 계단이 끝없이 이어지고 있는 것처럼 보였다.

잃어버린 시간을 찾아서. 입 속에서 중얼거려 보았다. 누구더라, 프랑스의 어떤 작가. 이미 죽은 사람. 그 사람이 쓴 소설 제목이다. 잃어버린 시간을 찾아서. 시간은 잃어버릴 수도 있는 것이던가. 시간을 잃어버렸다면 내 앞의 시간을 잃어버린 걸까, 뒤의 시간을 잃어버린 걸까. 과거를, 아니면 미래를? 시간을 잃어버리기도 했으니 찾을 수도 있는 것일까. 나는 내가 시간을 잃어버렸다는 것을 인식할 수 있을까. 그렇다면 잃어버린 것을 도로 찾아 들고 이게 바로 내가 잃어버렸던 시간이야!

라고 외칠 수도 있는 것일까. 모모가 손에 쥔 시간의 꽃처럼.

나는 그 앞에 꽤 오래 서 있었다. 더웠고, 조용했다. 이제 그만 도서관으로 가야 한다는 생각이 아주 천천히, 머뭇거리며 떠올랐다. 방해해서 미안하지만 가야 해, 열람실 좌석표가 다 나갔을지도 몰라, 하고. 나는 억지로 몸을 돌렸다. 시선의 방향이 바뀌니 골목은 아주 다른 곳처럼 보였다.

다른 세상의 다른 길을 떠난다. 익숙한 길로 접어들어 익숙한 문으로 들어서자 고양이 한 마리가 나무 그늘 아래서 나와 느릿한 걸음걸이로 내 앞을 지나갔다. 뱅뱅 맴도는 것 같은 기계 소리. 막 깎인, 잘린 풀에서 나는 시큼하고 비릿한 진한 풀 냄새. 어디선가 맡아 본 듯한 냄새였다. 나는 코를 막고 빨리 걸었다.

대출실에 들러 전날 빌렸던 책을 반납하고, 열람실에 가방을 놓고 문학실로 갔다. 문학실은 말 그대로 문학류의 책들만 모아 놓은 자료실이었는데 책도 사람도, 이상한 사람들도 많았다. 언제나처럼 책을 쌓아 앞과 옆에 경계 표시를 한 다음에 두꺼운 대학 노트에 어떤 책을 열심히 베끼는, 오이 냄새를 풍기는 할아버지. 일본어인지 중국어인지 정체 모를 한자로만 이루어진 글을 역시 두꺼운 공책에 쓰는 어깨가 좁고 키가 작은 남자. 플라스틱 꽃이 잔뜩 달린 밀짚모자를 쓰고 독서에 몰두하고 있는 여자도 있었는데 읽고 있는 책은『브리짓 존스의 일기』 같은 것이었다. 나는 가끔 인문사회 쪽 책들이 있는 자료실에도 들르곤 했는데 그쪽에는 두꺼운 테의 안경을 쓰고 당장이라도 중대한 발견을 선포할 것 같이 엄숙한 표정을 한, 머리가 지저분한 사람들이 있었다.

새로 들어온 책들만 꽂힌 책장 앞에서 책을 들춰 보고, 바로 옆의 기타 나라 문학을 지나, 스페인과 러시아 문학을 지나, 독일 문학, 그리고 프랑스. 아.

『잃어버린 시간을 찾아서』

그 책이 있었다.

전에도 보았겠지만 그냥 지나쳤던 것일 테다. 아까 본 간판의 느낌이 겹쳐지면서, 마치 있을 법하지 않은 무엇을 발견한 기분이 들었다. 마르셀 프루스트. 모두 열한 권. 청구기호 EE 863－ㅍ 82ㅇ. 나는 첫 번째 권부터 하나씩 책등을 짚어 가며 부제를 읽었다. 스완네 집 쪽으로 1, 2. 꽃피는 아가씨들 그늘에 1, 2……

“그 책, 읽으려고?”

약간 큰 목소리였다. 책을 읽던 사람들이 이쪽을 쳐다보았다. 나는 놀라 책에서 손을 떼고 옆을 돌아보았다. 동그란 안경, 반쯤 웃고 있는 눈. 내 나이 또래의 여자 아이였다. 그 아이는 손가락을 내밀어 『잃어버린 시간을 찾아서』 첫째 권에 갖다 대었다.

"너, 그 카페 앞에 있는 거 봤어."

얼굴이 달아오르는 게 느껴졌다. 설명할 수 없는 당혹감이 몰려오더니, 곧바로 불쾌함으로 바뀌었다. 그게 무슨 상관이야? 뭐 하자는 거야? 말은 하지 않는다. 한 걸음 물러섰다. 나의 방식. 뒤로 한 걸음, 물러서면 모두 나를 내버려 둔다. 고작 한 걸음의 거리인데도 사람들은 다가오지 않는다.

하지만 그게 그 아이에게는 통하지 않았다. 그 애는 도리어 웃으며 말했다.

"나도 거기 보고서, 이 책 읽어 볼까 생각했거든."

역시 목소리는 컸다. 사람들이 다시 쳐다보았다. 그 애는 어깨를 움츠리며 살짝 얼굴을 찡그렸다가 나를 향해 웃었다. 표정이 풍부한 얼굴이었다. 불쾌감이 서서히 사라졌다.

"나가자."

그 아이, 나원이가 말했다. 이상해, 의심해. 뒤로 물러서. 머릿 속의 뭔가가 경고했다. 내가 전학 가서 반 아이들과 친구가 되고 그들 중 하나가 되어 있었다면, 아니 아예 전학 갈 일도 없이 예전 학교에 잘 다니고 있었다면 나는 나원이를 그저 이상한 아이라고 생각했을 것이다. 뭐야, 이상한 애다. 훑어보고 혼자 나갔겠지. 그러곤 친구들에게 전화해서 야, 나 도서관에서 되게 이상한 애가 말 걸었어, 웃으며 이야기했을 것이다. 하지만 내게는 친구가 없었고, 경고는 곧 희미해졌다. 오늘은 이상한 날이다. 이상함이 몇 개 더 쌓인다 해도 별로 더 이상할 것도 없어.

나는 전혀 나답지 않게, 나원이의 뒤를 따랐다. 문학실 앞 복도에 놓인 의자에 나란히 앉았다. 열린 창으로는 햇볕에 데워진 바람이 불어 들어왔다. 그렇게 나는 이나원을 만났다. 아니, 그렇게 나원이가 나를 발견했다.

그 날 나원이에 대해서 알게 된 것은 이름뿐이었다. 학교를 다니지 않는다든지, 나보다 나이가 한 살이 더 많다든지 하는 것을 그때는 몰랐다.

"김윤오, 이름 괜찮은데."

자판기에서 뽑은 차가운 캔 음료를 마시면서 나원이가 말했다. 나는 이나원이라는 이름이 더 독특하고 괜찮다고 생각했지만 입 밖에 내지는 않았다. 입을 다물고 있었다. 상황 판단이 잘 안 되었다. 이상함이 쌓인다. 손에 잡힐 듯한 실체가 된다. 이제 그것은 더 이상 이상함이라고 부를 수 없는 무엇, 그렇게 단순하게 말해 버릴 수 없는 무엇.

나원이는 가방에서 책 한 권을 꺼내 보여 주었다. '쁘루스트'의 '스완네 집 쪽으로' 라고 제목이 달린 『잃어버린 시간을 찾아서』의 첫째 권으로 도서관에 있던 책과는 다른 것이었다. 오래되어 책장은 노랗게 변색되고 곰팡이 냄새가 나는 두꺼운 양장본이었다. 나원이는 계속 책을 어루만지며 이야기했는데, 책을 길들이려 하는 것처럼 보였다.

"헌 책방에서 샀어, 어제. 그 카페를 발견한 건 그저께. 넌?"

"나는…… 오늘 처음 봤어. 우연히."

"들어가 봤어?"

"거기 안에?"

"응, 그 카페. 잃어버린 시간을 찾아서."

나는 고개를 저었다. 그러자 나원이의 눈이 처음처럼 장난스러운 웃음기를 띠었다.

"가 보지 않을래?"

"거기? 지금?"

나원이가 고개를 끄덕였다.

끝이 보이지 않는 계단을 나원이는 가볍게, 망설임 없이 걸어 내려갔다. 나는 입구에 서서 나원이가 어둠 속으로 잠기는 것을 보았다. 바닥에 닿았는지 나원이는 돌아서서 내게 손짓했다. 나는 계단을 천천히 밟아 내려갔다. 어둠에 눈이 익자 문이 보였다. 붉고 푸른 청동 조각 덩굴과 잎과 꽃을 두른 문. 무거워 보였다. 그 뒤에 무엇이 있는지 짐작할 수 없는 문이었다. 나원이는 내가 곁에 오기를 기다렸다가 문을 밀어 열었다. 따랑, 맑고 두툼한 소리로 종이 울렸다. 문틈으로 빛이 흘러나오고.

"어서 오세요."

낮아서 기묘하게 들리는 목소리. 검은 머리카락을 길게 기른 여자가 자리에서 일어났다. 무표정했다. 아무런 반응도 없었다. 의아함도 반가움도 없다. 목 뒤가 근질거렸다. 안으로 들어서자 소름이 돋았다. 가게 안은 시원해서 땀이 곧장 차갑게 식었다.

나원이가 손에 들고 있던 책을 불쑥 내밀었다. 입장권을 보여 주는 것처럼. 여자는 의아한 얼굴로 책을 받아들었다.

"아."

얼굴이 조금 부드러워졌다. 갑자기 비밀 결사대의 일원이 된 것 같은 기분. 모임이 열리는 방은 저 벽 뒤에 숨겨져 있습니다, 라는 말을 들어도 어색하지 않을 것 같았다. 암호는 프루스트.

여자는 탁자 하나를 가리키더니, 얼음물이 담긴 유리컵 두 개를 가져왔다. 나원이와 나는 말 잘 듣는 아이처럼 의자에 앉아 물을 들이켰다. 희미한 레몬향이 났다. 시원했다. 여자는 앞에 앉더니, 말했다. 처음부터 반말을 하는데도 기분 나쁘지 않았다.

"나, 오데뜨라고도 불리거든."

나는 알아듣지 못했다. 나원이도 멍한 표정을 지었다. 여자는 약간 실망한 듯했다.

"그 책에 나오는데."

"아직 못 읽었어요."

나원이가 대답했다.

"이백십사 쪽부터 나와."

그 여자, 오데뜨는 말했다. 이백십사 쪽? 내 머리카락 길이는 삼십팔 센티야, 하는 것처럼 어색한 정확함. 나원이가 되물었다.

"오, 데, 뜨라고요? 이백십사 쪽부터 나오는?"

"오데뜨 드 끄레시가 정식 이름이라지만, 그건 좀 길지."

오데뜨는 웃었다. 구름이 순식간에 걷히는 것처럼, 시원한 바람이 불어온 것처럼 얼굴이 변했다. 인상이 확 달라졌다. 베일 듯 날카로운 웃음이었다.

잠깐만, 말하고 오데뜨는 주방으로 갔다. 나원이는 카페 안을 둘러보며 소곤소곤 작은 목소리로 저것 좀 봐, 피아노도 있어, 하고 말했다. 카페는 첫 느낌보다는 넓었다. 세로로 길었고 기역자로 구부러진 모양이어서 입구 쪽에서 보면 구부러진 안쪽은 보이지 않았다. 탁자와 의자는 모두 나무였는데, 모양은 제각각이었다. 벽에는 액자가 많이 걸려 있었다. 거의 다 사진인 것 같았다. 모퉁이에는 갈색 피아노와 앰프와 마이크와 의자가 있는 작은 무대가 있었다. 기타도 한 대 놓여 있었다. 갈색과 노랑, 따뜻하고 어둡고 또 밝은 느낌. 손님은 없었다.

오데뜨는 얼음을 갈아 넣은 키위 주스 두 잔을 가지고 왔다. 서비스야, 라는 말을 덧붙여서. 어, 아닌데, 돈 내고 사 먹으면 되는데, 나는 중얼거렸지만 나원이는 간단하게 감사합니다, 라고 말했다. 왜 서비스라는 거지, 난 그냥 카페에 들어온 것뿐인데. 왜 손님이 아니라고 생각하지. 그 처음 시작부터 나원이와 나는 카페 '잃어버린 시간을 찾아서'의 손님은 아니었다. 그럼, 무엇?

따랑, 문의 종이 울렸다. 뒤를 돌아보았다. 키가 작고 마른 남자애가 들어왔다.

"누나, 미안해요, 좀 늦었죠."

겉보기와 달리 목소리는 깊었다. 손님은 아니었다. 아르바이트생. 오데뜨는 남자 애에게 뭐라고 말을 하더니 데리고 와 소개시켜 주었다.

"이쪽은 제영군."

제영군은 낯을 가리는 듯한 표정으로 고개를 숙였다. 열아홉, 아니면 스물? 나보단 나이가 많은 것 같았다. 하얗고 몽롱하고 약해 보였다. 제영군은 눈도 마주치지 않고 서둘러 주방으로 들어 갔다.

"맛은?"

오데뜨가 나를 보았다. 알아듣지 못했다.

"네? 음, 맛있어요."

나원이가 대신 대답하고, 주스잔을 입에 대었다. 아, 키위 주스. 맛이 어떠냐고. 오데뜨는 그렇게 말했다. 그 말투에 익숙해지기까지는 시간이 걸릴 것 같았다. 생각하고 나서 깨달았다. 익숙해진다라니. 익숙해지려는 거야? 익숙해질 때까지 여기 오려는 거야?

나원이는 말없이 주스를 마시고 오데뜨도 말없이 앉아 있다. 나도 아무 말 하지 않는다. 조용하고, 음악이 흐른다. 아주 이상한 상황. 서로를 모르는 세 사람이 마주 앉아 있다. 그런데 이상하게도 편했다. 물러서려고 할 필요가 없다. 말을 할 필요도, 하지 않을 필요도 없다. 여기 있으니 바깥이 잘 기억나지 않았다. 이런 느낌은 처음이었다. 나는 키위 주스를 한 모금 마셨다. 차갑고, 달고, 시었다.

"맛……있네요."

"그래."

오데뜨는 웃었다. 싸악, 칼로 하늘을 가르듯 매끈하고 시원하게. 오데뜨다운 것. 오데뜨를 떠올리면 가장 먼저 생각날, 그 웃음.

그 날은 손님이 올 때까지 그렇게 셋이 함께 앉아 있었다. 나원이가 카페에 대해 몇 가지 묻고, 오데뜨가 대답했다. 오데뜨는 나와 나원이에게 이름 말고는 아무것도 묻지 않았다. 나는 그냥 앉아서, 음악을 듣고 둘이 이야기하는 것을 들었다. 제영군은 한 번도 주방에서 나오지 않았다.

카페에서 나오자마자 나원이는 책 이백십사 쪽을 펼쳤다.

'그의 취향에 비하면, 오데뜨의 옆얼굴은 너무 날카롭고 피부는 너무 섬세하고 광대뼈는 너무 튀어나오고, 얼굴 생김새 전체가 여윈 편이었다. 눈은 아름다웠으나, 너무나도 커서 그 자체의 무게로 처져 있었고, 얼굴의 다른 부분을 약하게 보여

서 언제나 건강치 않거나 기분이 언짢은 듯한 모습을 띠게 했다.'

다르다. 나원이와 내가 아는 이 오데뜨와는 다르다. 나원이는 웃음을 터뜨렸다.

"아하하, 재밌는데! 그치?"

나원이는 계속 웃으며 말했다.

"내일도 도서관 와?"

겨우 웃음을 멈추고 나원이가 물었다.

"응."

"그럼 내일도 보겠네."

이상해, 정말 이상해…… 이상한 게 맞겠지만.

"그래."

나는 대답했다.

다음 날에는 정말 일찍 눈이 떠졌다. 다시 잠이 오지 않아 아직 어둑한 마루에 앉아 있다가 신문을 들여 와 맨 앞부터 꼼꼼하게 읽었다. 엄마는 안방 문을 열고 나오다가 화들짝 놀랐다. 깜짝이야. 벌써 일어났어? 그냥 눈이 떠졌어.

엄마는 내 얼굴을 들여다보며 그게 좋은 건지 아닌지 알아내려는 것 같았다. 그래. 방학이라고 늦잠 자는 건 안 좋지. 나가서 뒤에 공원에라도 갔다 오지 그래.

그럴까 봐. 신문을 접고 일어서자 엄마는 더 놀란 얼굴이 되었다. 정말? 왜, 갔다 오라며. 아니, 그냥. 그래, 갔다 와.

아파트 현관을 나설 때는 아직 푸른 기운이 남아 있더니 아파트 뒤 야트막한 동산 위 공원에 올라갔을 때는 이미 새벽이 아니라 아침이었다. 여름 해는 빨리 떴다. 공기가 데워지기 전이라 서늘했다.

생각보다 많은 사람들이 공원 옆 운동장 트랙을 빠른 걸음으로 돌고 있었다. 나는 트랙 안으로 들어서지 않고, 나뭇가지가 드리워진 산책로를 천천히 걸었다. 나뭇잎이 무성하여 가지는 버거운 듯 늘어져 있었다. 걷다 보니 힘이 났다. 나는 조금씩 걸음을 빨리 하며 걷다가, 뛰기 시작했다. 산책로를 걷던 사람들 옆으로 부딪칠 듯 아슬아슬하게 스쳐 지나가자 투덜거리는 소리가 뒤늦게 따라왔다. 아니, 그 소리들은 나를 따라잡지 못했다. 나는 뛰고 있어, 그런 불평 따윈 들리지 않아, 그렇게 빨리, 숨이 차도록 뛰고 있어, 나는, 이렇게, 살아, 있는데.

"그래서 뛰다가 넘어졌단 말이야?"

나원이가 내 이마께로 손을 내밀며 물었다. 나는 반사적으로 몸을 움츠렸지만 나원이는 손을 거두지 않았다.

"아야, 아파."

나원이는 상처에 얹었던 손을 떼었다. 약을 바르고 반창고를 붙여 놓았지만, 왼쪽 이마는 아직도 얼얼했다.

"상처가 크진 않았는데, 피가 많이 나서……"

"얼굴 상처는 원래 피가 많이 난대."

"어쩐지 사람들이 나보고 놀라더라."

"피가 흐르는 거 안 느껴졌어?"

"땀인 줄 알았지. 그냥 팔로 닦고 계속 뛰었어."

나원이는 웃기 시작했다. 내가 한 말에 사람이 웃는 것은 정말 오랜만의 일이다.

"하하, 어머니 진짜 놀라셨겠다."

나는 엄마가 기절하는 줄 알았다. 현관문을 열어 주고 나서 엄마는 순식간에 얼굴이 하얘지더니 비명을 질렀고 그때까지 자고 있던 오빠가 방문을 걷어차며 뛰어나왔다. 나는 신발장 옆에 걸린 거울을 보고서야 내 얼굴이 피투성이라는 것을 알았다. 목까지 피가 흘렀고, 옷소매며 손이며 다 피투성이. 엄마는 당장 구급차를 부를 태세였지만 화장실에서 얼굴을 씻고 보니 일 센티도 안 되게 살짝 찢어진 것뿐이었다. 찢어진 것보다 퍼렇게 멍들고 혹이 난 게 더 아팠다. 머리를 다쳤을지도 모르니 병원에 가자는 엄마를 겨우 말리고, 약을 바르고 반창고를 붙이고 도서관에 왔다. 열람실에 앉아 문제집을 들여다보는데 누가 톡톡 칸막이를 두드렸다. 고개를 들어 보니 그 아이, 나원이였다.

꿈이 아니었던 거구나. 나는 문제집을 덮고 일어나, 그 아이를 따라 나왔다. 아주 자연스럽게, 늘 그랬던 것처럼.

"가서 잘 꿰매야 하지 않을까? 흉 지면 어떻게 해."

"별로 큰 상처도 아닌데."

"그래도."

나원이는 정말로 걱정스럽다는 듯이 내 이마를 보았다. 이제 알게 된 지 겨우 이틀째. 그런데 저런 표정을 한다. 서로에 대해 아는 것도 없고 공유하는 것도 없는데. 아니, 딱 하나 있기는 하다. 연결 고리 한 개.

나원이와 나의 고리. 그 카페, '잃어버린 시간을 찾아서'.

오데뜨는 오늘도 혼자였다. 당연하다는 듯 나원이와 나를 맞아들이는 오데뜨를 보면서, 앨리스가 된 기분이 되었다. 그렇다면 나원이는 흰 토끼가 된다. 나도 모르게 웃었다. 피식. 짧았지만.

어제와 똑같은 탁자에 앉아 오데뜨가 만든 아이스코코아를 마셨다. 차고, 달았다. 오데뜨는 주방으로 돌아가 분주히 무언가를 만들고 있었다. 카페. 얼떨떨한 이상한 나라. 여기는 다른 공기가 흐르고, 다른 질서가 있다.

한참, 침묵에 침묵이 더해지고 나서 나원이가 말했다.

"물어 보고 싶은 게 있다거나?"

"아무거나?"

"뭐, 아무거나."

나원이는 느긋했다. 나는 나무 의자에 기대어 나원이의 얼굴을 바라보았다. 있을 법 하지 않은 일도 그 속에 있을 때는 기묘한 필연성에 따라 이루어지고 있다고 느끼게 된다. 나는 그 누구에게도 해 보지 않은 질문을 했다.

"그럼…… 넌 누구야?"

"난 외계인이야."

대답이 너무나 빨리, 진지하게 나와서 웃어넘길 타이밍을 놓쳤다. 하긴 흰 토끼나 외계인이나.

"아…… 한국말 잘하네."

"통역기가 달려 있거든. 여기에."

나원이가 목을 가리켰다.

"거짓말. 통역기가 거기 있어 봤자지. 말은 입에서 하는 건데."

나원이는 잠깐 생각을 하더니 고개를 끄덕이며 말을 바꿨다.

"사실은, 너한테만 알려 주는 건데, 앞니 뒤에 붙어 있어."

"아하?"

나원이는 아랑곳하지 않고 진지하게 말을 이었다.

"앞니는 너무 노출된 곳이니까. 그래서 목에 있다고 하는 거야. 정확한 위치를 숨기려고."

"……왜 숨기는데?"

나는 이 엉뚱하다 못해 어이없는 대화가 슬슬 재미있어지기 시작했다.

"사실은……"

나원이는 말을 멈추고 다시 생각했다. 뭐야, 제대로 꾸며 대지도 못하면서. 나는 웃기 시작했다. 나원이는 그런 나를 신기한 듯이 바라보다가, 따라서 웃었다.

"사실은…… 우앗. 그만 웃어! 그래, 사실은, 사실은 있지, 계속 웃는 거야? 좋아, 뭐. 사실은 한 번쯤 그렇게 말해 보고 싶었던 것뿐이야."

"그게 뭐야."

"넌 이래 보고 싶었던 적 없었어?"

"외계인? 외계인은 아냐."

"그럼 무엇?"

말이 막혔다.

"글쎄."

"흐음."

나원이는 캐묻지 않았다. 의자에 깊숙하게 기대어 앉은 나원이는 나른해 보일 정도로 여유가 있었다. 열려 있고, 굳지 않았고, 탄력이 있다. 나처럼 뻣뻣하고 닫히고 굳어진 아이와는 다르다.

정말 이 아이는 누구일까? 무엇을 알면 안다고 말할 수 있을까. 그렇게 많은 것을 알 필요는 없을지도 모른다. 부를 이름이 있고, 조금 이상하더라도 그냥, 같이 앉아 있을 수만 있다면. 처음부터 이상한 것이었으니까, 끝까지 이상해도 좋을 것이다. 그제야 '이상함'을 대체할 단어가 생각났다. 그건 '특별함'이었다.

3

갑자기 시작된 진짜 여름

나는 아침 일찍 도서관에 나오게 되었다. 나원이는 점심때 왔고 내가 어디에 있든지 나를 찾아 내곤 했다. 같이 밥을 먹고 도서관 정원에 앉아 있다가 카페에 갔다. 카페에는 늘 손님이 없었고, 그 칼날 같은 미소를 지으며 반기는 오데뜨가 있었다. 늦은 오후 나원이가 아르바이트를 하러 간다고 일어서면 나는 집에 가거나 도서관으로 돌아갔다. 그때쯤 되면 그 이상한 지하 카페에도 제법 사람이 차기 시작했다.

어둠 속에 잠긴 문을 열고 카페에 들어가는 것은 수영장 가장 깊은 곳으로 천천히 몸을 담그는 것 같았다. 얼마나 내려가야 발이 닿을지 알 수 없는 기분. 내려간다. 물은 몸을 부드럽게 받치고, 몸은 서서히 물 밑으로 가라앉는다. 떨리는 물의 진동. 흐름. 손에 잡힐 듯 잡히지 않는 감촉. 눈을 뜨면 캄캄한 푸른 물 속, 깊은 곳에는 따뜻한 노란빛 불이 반짝이고 이제 나는 내 스스로의 힘으로 저 아래로 헤엄쳐 내려간다.

카페의 주방 밑이 깊고 검은 지하 호수와 이어져 있다 해도, 어느 날 오데뜨의 길고 검은 머리가 물에 젖어 있다 해도 놀라지 않았을 것이다.

"쌀죽 다 되었는데. 먹을래?"

오데뜨가 주방에서 고개를 내밀고 물었다. 나원이와 나는 동시에 고개를 저으며 대답했다.

"괜찮아요."

"점심 먹었어요."

"꼭 쌀죽만 안 먹으려고 하더라. 이게 얼마나 맛있는 건데."

오데뜨는 혀를 차며 말했다.

오데뜨는 가끔 샌드위치도 만들고 과자를 구웠는데 다른 무엇보다 쌀죽을 끓여 먹는 것을 좋아하는 것 같았다. 말 그대로 쌀과 물만 넣고 만드는 쌀죽을 먹으며 오데뜨는 순수한 쌀의 맛이 얼마나 고소한지, 고소하다 못해 느끼하기까지 하다며 감탄하곤 했다.

"쌀을 한 줌 씻어서 냄비에 물을 붓고 끓이는 거야. 쌀이 부풀고 물이 적어져서, 고소한 냄새가 나고 자작자작 하는 소리가 나면 거의 다 익은 거지. 냄비를 보면 구멍이 뽕뽕 뚫린 걸쭉한 반죽처럼 되어 있어. 거기다 물을 더 붓고, 약한 불에서 좀 더 끓여. 쌀알이 적당히, 뭐 그 날 기분에 따라, 풀어질 때까지."

"그게 정말로 맛있어요?"

갓 끓인 쌀죽을 얻어 먹어 보았지만 맛이랄 게 전혀 없이 밍밍했다. 하지만 오데뜨는 쌀죽을 맛있어 할 뿐 아니라 나름대로 의미도 부여했다.

"시간과 간소함이지. 정말 쉽고 간단하잖아? 근데 시간은 비교적 오래 걸려. 처음엔 계속 끓도록 맘놓고 내버려 두어도 괜찮지만 나중에 타이밍을 놓치면 타 버리지. 긴장할 필요는 전혀 없는데, 신경은 써 주어야 해. 그리고 말이지, 먹고 싶을 때는 직접 만들어야만 해. 너무 간단하니까, 살 수도 없어."

오데뜨는 쌀죽을 담은 그릇을 들고 나와서 한 입 후후 불어 떠 넣으면서 만족한 표정을 지었다.

"나는 정말로 이런 쌀죽을 좋아하는데, 사람들은 믿지를 않더라. 하다못해 소금이나 참기름이라도 넣어야 하고 김치나 김이라도 곁들여야 하는 줄 알지. 난 그런 건 싫어. 왜 내가 좋다는 대로 믿지를 못하지? 난 정말로 이게 좋다구. 꾸미지 않고 더하지 않은 이게 좋아. 거창한 식사를 할 때도 가끔 쌀죽이 생각나. 내가 원하는 건 그것뿐인데, 넘치게 받는 것도 싫은 일이 구나…… 하면서.”

알 수 없다는 느낌과 더불어, 이해한다는 느낌. 안에 있는, 중심을 잡아 낸 것 같으면서도 앞뒤를 재어 가며 이해하지는 못했다. 그러고 보면 나원이보다는 차라리 오데뜨가 더 외계인 같았다. 짐작할 수 없는 종류의 인간. 분명치 않은 공명, 울림 말고는 무엇도 읽어 낼 수 없다. 나이도 알 수 없었다.

“있죠, 몇 살인지 물어 봐도 돼요?”

“안 돼.”

나원이가 묻자 오데뜨는 딱 잘라 말했다.

“그럼 멋대로 생각할 텐데?”

“그러렴. 그냥 보이는 대로 생각하면 되잖아.”

“그렇게 말하는 걸 보니 진짜 나이보다 어려 보이는군요?”

“예리한데, 나원이는.”

나는 아무리 봐도 오데뜨의 나이를 짐작할 수 없었다. 어떨 때는 이십대, 가끔씩은 깜짝 놀랄 정도로 나이 들어 보이기도 했다. 내가 알고 있는 어른 여자들을 떠올리며 어림짐작으로 나이를 맞혀 보려 해도 불가능했다. 내가 아는 여자 어른들이란 친척과 선생들이 전부였으니까. 오데뜨는 그 어느 부류에도 속하지 않은 것 같았다. 세상엔 저런 여자도 있다. 새로운 발견이었다. 내가 알아 왔던, 그런 여자 어른이 되지 않아도 된다는 것을 발견한 것 같 았다.

오데뜨는 사진을 찍었다. 카페 벽에 걸린 사진 액자들의 삼십이 퍼센트는 오데뜨가 찍은 사진이라고 했다.

"삼십이 퍼센트?"

"모두 서른넷인데, 그 중에 열하나야."

다 흑백이었다. 흐릿하지만 부드럽지는 않고 감상적이진 않은데 약간 슬퍼지는 듯한 사진이었다.

"늘 그렇게 숫자를 꼭 집어 말하네요?"

"더 정확해질 수도 있어. 삼십이점 삼오…… 이렇게. 하지만 더는 기억 못 해."

오데뜨는 웃으면서 덧붙였다.

"그게 내 취미야, 윤오."

오데뜨는 나를 꼭 '윤오'라고 불렀다. 김윤오, 라든가 윤오야, 가 아니라. 그렇게 불리는 건 이상한 느낌이었다. 훨씬 어른스럽게 들렸다. 싫지 않았다. 그래서 나는 물었다. 같은 눈높이를 한 사람에게 묻듯이.

"사진, 왜 찍는데요?"

"근본적인 질문이네. 글쎄."

오데뜨는 머리카락을 만지작거렸다. 머리카락은 부드러워

보였지만 약간 헝클어져 있었다. 오데뜨는 정말로 진지하게 내 질문에 대해 생각하는 것 같았다.

"찍지 않을 수 없는 기분이 들 때가 있어서……겠지. 카메라를 잡게 되는 순간이 있어. 할까 말까 생각도 하지 않고, 그럴 틈도 없이 몸이 먼저 움직이는 거야."

"잘 모르겠는데요."

나는 무엇도 그렇게 해 본 적이 없다. 그렇게 끌리듯, 머리보다 몸이 먼저 움직여서 하게 되는 것은 어떤 기분일까.

"그럼 카페 주인이고, 부업으로 사진 작가?"

"아아. 그렇게 말하는 건 별로."

오데뜨는 고개를 저었다.

"뭘 하세요, 물어 보면 사람들은 나는 뭐다, 뭐다, 라고 대답해. 난 의사고, 선생이고, 뭐고, 뭐고. 정의 내리고 싶어 하는 것처럼. 하지만 그렇게 말해 버리면, 정의되면 꼭 그렇게 살아야만 할 것 같잖아. 난 그런 건 별로. 맞지 않아. 나는 무엇을 한다, 라고 말하는 게 좋아. 사진을 찍는다, 이렇게."

내가 그 말을 되짚어 곱씹어 보기도 전에 오데뜨가 내게 물었다. 이름이 뭐냐는 것 말고는 오데뜨로부터 처음 받은 질문이었다.

"그럼 너는 뭘 하니?"

"네?"

누구도 내게 그런 질문을 하지 않았다. 아주 당연하게 몇 학년이니, 하고 물었다. 학생이라는 것이 당연한 것처럼. 그래, 학생인 게 맞지만 오데뜨가 듣기를 원하는 답은 그게 아닐 것이다. 그렇지만 나는 뭘 하지? 뭘 한다고 대답할 수 있지? 차라리 아무것도 하지 않는다고 할까. 정말, 나는 아무것도 하지 않는 것 같았다.

"저는."

말이 막혔다.

"흐음?"

"글쎄요."

오데뜨 식으로 말하면, 나는 학교에 가고, 책을 읽고? 나는 할 말이 없어서 그냥 말했다.

"별로 하는 것 없어요."

"그런 것도 나쁘지 않지."

"하는 게 없는 게?"

"뭐든지 할 수 있단 얘기잖아."

오데뜨는 웃고, 나는 그 웃음에 베인 듯 놀라고. 시원해지고.

그 여름엔, 그 전엔 한 번도 여름이란 걸 겪어 보지 못한 기분으로 살았다. 여름이라는 게 이런 거였어? 이렇게 뜨겁고 밝고 선명한 것이었어? 어떤 아침은 너무 밝아서 그림자는 더욱 검었다. 맨 팔에 조각난 햇살이 떨어지면 피부는 붉게 빛나는 듯했다. 빛이 살갗 속으로 스며드는 게 보였다.

팔월, 태양이 희고 노란 열기를 내뿜고 짙은 초록 나뭇잎들이 서로를 밀쳐 내며 태양을 좇았던, 유독 비가 오지 않았던 그 여름. 여름은 익을 대로 익어 툭툭 떨어져 내렸다.

나원이는 풀을 몇 가닥 뽑아 들여다보았다. 하늘은 파랬고 하얗고 뭉실뭉실한 구름이 하늘 높은 곳을 향해 느리게 움직이고 있었다. 비가 오지 않는데도 스프링클러 덕에 잔디는 싱싱했다. 나는 드러누워 땅에 옆얼굴을 대고 풀잎 사이로 세상을 보았다. 빛을 반사하는 하얀 도서관 건물과 길게 자란 짙푸른 풀잎들. 계속 봐 왔던 곳인데도 달라 보였다.

개미가 기어가고 방아깨비가 뛰고 이름 모를 날벌레들이 이 풀에서 저 풀로 옮겨 가고. 꼬물거리는 생명들. 모든 것은 움직인다. 멈추지 않는다. 이렇게 움직임으로 가득한 세상이었다니.

"그러고 있음 어지럽지 않아?"

나원이가 말했다.

"좀 그래."

나는 몸을 일으켜 앉았다. 빙글, 세상이 돌아 내가 아는 모습으로 바뀌었다. 그리고 그 익숙한 세상을 배경으로 어디서 오려다 붙인 듯 튀어 보이는 나원이.

나는 여전히 나원이에 대해 아는 것이 별로 없었다. 뭔가 다르게 살고 있다는 느낌만 있었다. 내가 아는 이나원은, 라볶이 같은 매운 음식을 좋아하고, 책을 많이 읽는데 나처럼 소설에 치우친 게 아니라 역사에서 과학까지 다양하게 읽고, 그리고 학교를 다니지 않았다. 작년에 고등학교 입학하자마자 그만두었다고 했다. 잔디 냄새를 맡다가 나는 갑작스레 나원이에게 물었다.

"학교, 왜 그만뒀는데?"

"진짜 더는 못하겠더라. 이게 아닌데, 아닌 게 분명한데 왜 남아 있어야 하는지 정말 이해할 수 없는 거. 그냥 참아 보려고 해도 몸이 안 따라 주는 거야. 그냥 안 되는 거야."

나원이는 미리 대답을 준비하기라도 한 것처럼 쉽게 대답했다. 수십 번, 수백 번 자신에게, 자신을 이해하지 못하는 사람들에게 했을 말. 찍지 않을 수 없어서 사진을 찍는다는 오데뜨가 겹쳤다.

"학교 그만둘 때 부모님은 뭐라 안 그러셨어?"

나원이는 잠깐 생각했다.

"꼭 그래야겠냐고 물어 보셨던 거 같아. 근데 결국엔 내 뜻대로 하라고 하셨어. 늘 그랬거든, 우리 부모님하고 나의 관계는…… 뭐랄까, 일방적인 건 아니어서. 아니다. 일방적이긴 하구나. 언제나 내멋대로. 하하."

"외동딸?"

"그래."

"역시."

"역시라니. 뭐, 유아독존 무남독녀, 그런 건 아니고. 그러니까……"

나원이는 풀을 씹기 시작했다.

"우리 집은 좀 독특해서…… 우리 부모님은, 내가 하는 일이 늘 옳다고 생각해. 웃지 마, 그렇게 팔불출 부모는 아니니까. 무작정 고집을 받아 주는 것도 아니고. 그것보단 나를 존중하는 건데…… 우리 집이 형편이 좀 안 좋아서, 돈 문제라든지 친척 문제 등등. 이사도 계속해야 했고. 뭐, 많아, 복잡한 게. 우리 부모님은 내가 뭘 하겠다고 하면 반대를 안 하셔. 못 하시는 거지. 이렇게 잘 자라 준 것만으로도 고마워하신다니까?"

나원이는 농담처럼 말했다. 막연했다. 감을 잡을 수 없다. 그런 복잡한 것이 어떤 것인지 나는 상상도 하지 못한다.

"그래서, 넌 어떤데?"

"세상은 어차피 불공평한 거니까. 불공평한 것들이 섞이고, 나뉘면 결국 울퉁불퉁한 공평함이 된다고. 그러니 불평할 것도 열등감에 시달릴 것도 없어. 인생이 어떻게 풀려 나갈지, 어떤 결론이 날지, 아주 마지막의 마지막이 되기 전에는 누구도 모르는걸."

나원이는 강해 보였다. 어떤 흉기도 그 아이를 상처 입힐 수 없을 것 같았다.

"난 학교 못 그만두게 할 거야, 우리 부모님은."

"너 공부 잘해?"

"못하진 않아. 어…… 공부를 잘, 한다는 게 무슨 뜻인지 모르겠어."

"그냥 내버려 둬도 대충 괜찮은 대학 갈 정도는 돼?"

"그거야 두고 봐야 알겠지만…… 어느 정도는."

"그럼 세상 어떤 부모가 학교를 관두라고 하겠어. 나 학교 성적은 엄청 안 좋았어. 중 삼 되니까 딱 손을 놓게 되더라고. 혼자서 책 읽거나 아는 사람한테 배우는 게 낫지. 학교에서 뭘 하려고 애써 보는 건 질렸어."

"내가 느끼기엔 공부를 잘하고 못하고랑 상관없이, 학교를 다니고 있으면 학교에 책임을 지울 수 있으니까, 별로 신경 안

써도 되고, 그래서 그런 거 같아. 어디다 맡겨 놓으면 신경 덜 써도 되니까. 집에 있으면 애를 어떻게 해야 하는 걸까, 엄청 고민하게 될 테니까."

"와아."

나원이가 감탄했다.

"……왜?"

"너 말 되게 많이 했어."

"그랬어?"

"다른 얘기도 좀 해 봐."

"무슨?"

"아무거나. 말이 나올 때 해야지."

"무슨……"

"아무거나."

"아무거나……?"

나원이는 팔을 베고 잔디 위에 드러누웠다. 나는 하늘을 보았다. 하늘만을 보고 있으면, 여기가 어디인지 알 수 없게 되어 버린다. 시야가 하늘로만 가득 차고, 우주에 떠 있는 것 같은 감각. 내 옆에 누군가 있다는 것만을 안다.

뭘 이야기하라는 거야. 하지만, 그래서. 나는 이야기했다. 하늘에 대고 말했다. 쉬엄쉬엄, 말을 끊고 생각하다가 다시 잇고,

더듬거리면서, 이야기할 상대가 있다는 감각을 낯설어하면서, 나는 이야기했다. 이야기한다는 것이 무엇인지, 내가 뭘 하고 있는 건지 스스로도 알지 못하면서.

새 학교 도서관에 있는 오래 된 책들, 한쪽 눈이 일그러진 늙은 사서 선생, 먼지가 잔뜩 낀 창문과 그 창문을 열었을 때 보이는 뿌옇게 가라앉은 도시에 대해서 이야기했다. 저 안에 살아 있는 것, 따스한 무엇이 있을 거라고는 상상도 할 수 없어. 그렇게 차갑게 닫혀져서 박제된 도시. 나 또한 그 속에 담겨져 있지.

나원이는 내 이야기를 들었다. 재촉하지 않고 끊지 않고 어리둥절해하지 않으면서 내 이야기를 들었다. 나원이는 나에게 내가 누구냐고 묻지 않았지만, 결국 나는 그런 질문을 받았던 것처럼 내가 누구인지를 이야기한 것 같았다. 외계인이라는, 나원이의 대답만큼이나 엉뚱한 대답으로써.

내가 말을 멈추고 한참이 지났을 때, 말을 한 것을 후회할까 말까 생각하고 있을 때, 나원이가 말했다.

"카페, 갈까."

"그래."

나원이는 느릿한 동작으로 일어났다. 조인 나사를 풀어 주는 것처럼 머리를 가볍게 흔들었다. 내가 한 이야기들을 다 소화

해 낸 것처럼. 나는, 후회하지 않아도 될지 모른다.

도서관 열심히 가네. 거기서 공부 잘 되니? 엄마가 물었다.

응. 거짓말은 아니다. 나는 공부를 하기도 한다. 절대, 거짓말은 하지 않는다. 그러면서 엄마가 듣고 싶은 말만 하려면 예민한 대화의 기술이 필요하다. 교묘하게 슬쩍 넘어가기. 가끔은 엄마가 다 알아채고 있는 것 같지만, 모르는 척하는 거라면 그대로 내버려 두기로 한다.

사람의 속마음이나 진심 같은 건 아무것도 아니고 겉으로 드러나는 게 전부인 것 같았다. 입 밖으로 말하지 않으면 누구도 알아주지 않는다. 말한다 해서 다 알아 주는 것도 아니다. 입 밖에 내놓는다 해도 밟히고 팽개쳐져 아무것도 아닌 것처럼 되기도 한다.

나는 나원이를 생각했다. 내가 말한 것을 그 아이는 정말로 이해했을까. 아니, 이해까지도 바라지 않는다. 정말 받아들였던 것일까. 만일 그렇다면 어떻게 그게 가능했을까. 도대체 왜, 그 아이는 내게 온 것일까.

"너 경복궁 가 봤어?"

"경복궁?"

"바로 요기 앞이잖아."

"옛날에, 아주 옛날에 가 봤던 것 같기도 하고."

"지금 한번 가 볼래?"

도서관 식당에서 싸고 맛없는 점심을 먹다가 나원이가 물었다. 카레라이스는 진했지만 후추가 많이 들어가서 따갑게 매웠고 밥은 너무 많았다. 나원이는 컵라면을 하나 사서 내 밥을 덜어다 말아먹었다.

"밥 먹고, 휴식 차. 귀찮아?"

"아니, 뭐. 가 보지."

나원이와 나는 그늘로만 걸어서 경복궁까지 갔다. 더웠다. 고작 몇 백원이었지만 나원이가 내 것까지 표를 사 주었다.

평일인데도 경복궁에는 의외로 사람이 많았다. 소풍 나온 꼬마들, 결혼 사진을 찍는 커플들. 신부들은 땀에 화장이 녹아내려 곤란해했다.

나는 경회루가 생각보다 커서 놀랐고, 궁궐 안 구조가 생각보다 복잡해서 놀랐다.

"어, 저기, 문이 열려 있어."

나원이가 말했다. 구석의 낡은 전각, 정말 자물쇠가 풀려 문이 조금 열려 있었다. 나원이가 내 팔을 잡아끌었다.

"들어가 보자."

"뭐? 안 돼, 저긴……"

나는 몸을 뒤로 뺐다. 나원이는 손가락을 입술에 대었다. 나는 입을 다물고 주위를 보았다. 아무도 없었다. 나는 엉겁결에 나원이를 따라 계단을 뛰어올라가 낮은 울타리를 넘었다.

"뭐야, 정말……"

투덜대었다. 그런데, 자꾸 웃음이 났다.

나원이와 나는 나란히 벽에 기대어 앉았다. 그 안은 어둡고 시원하고 곰팡이 냄새가 났다. 팔월의 태양은 창살틈으로 스며들어와 공중에 굵고 선명한 선을 그었다. 밖에서 사람 소리가 났다. 문틈으로 관광객들이 보였다. 시끄럽고 산만한 아이들, 결혼 사진을 찍는 신랑 신부. 반짝이는 드레스. 사람들이 지나가면 고요해졌다.

이 안에서도 사람들이 살았던 적이 있었다. 세월이 뭉쳐 쌓인 곳. 내 팔에 닿으락 말락 한 나원이의 팔이 따뜻하게 느껴졌다. 다른 사람의 체온, 이렇게 가까이에. 나원이는 말 한 마디 하지 않았다. 무엇을 생각하는 걸까, 무엇을 보고 있는 걸까.

나는, 환상을 보고 있었다. 사람들, 말없이 움직이는 옛 사람들. 그들은 나를 보지 못한다. 같은 곳에 있지만 결코 닿을 수 없다. 어쩐지 마음이 울렁인다.

나는 나원이에게 묻고 싶었다. 넌 왜 나에게 닿으려 하는 거야? 내가, 정말, 너에게 닿을 수 있는 거야?

이나원.

부르려 했지만 나원이의 옆얼굴을 보니 말이 나오지 않았다. 한없이 조용한 얼굴. 여기에 없는 얼굴. 나는 말을 걸지 못했다. 나와는 다른 무엇을 보고 있을 그 아이를 방해할 수 없었다. 나는 나원이를 바라보고만 있었다. 나원이는 내 시선을 알아채지 못한다. 고요하게, 깊은 바다 속에 홀로 가라앉아 있듯. 나원이가 무슨 생각을 하는지 듣지 않으면 모를 것이다. 나와는 너무 다른 아이. 그런데 바로 그래서. 모르니까, 다르니까.

팽팽하게 당겨졌던 줄이 갑자기 끊어진 것 같은, 넘칠 듯 물이 담긴 컵이 쏟아진 것 같은 기분이 든다. 마음이 놓인다.

결코 모르겠지만, 그래도 함께 있을 수 있다면. 이 아이라면, 괜찮을 거야.

"추워."

"……이제 나가자."

문을 열고 나와 '들어가지 마시오' 표지를 넘는데 사람들이 나타났다.

"뛰어!"

나원이와 나는 나란히 달렸다. 미로 같은 궁궐의 담을 따라서, 출구를 찾아서. 몸이 뜨거워졌다. 모래 먼지, 달콤한 공기,

어리둥절하여 바라보는 사람들…… 나원이와 나는 웃고 있었다.

"야, 너 머리."

나원이가 숨을 헉헉 들이키면서 내 머리에서 먼지 한 움큼을 쥐어 냈다.

"이게 뭐야."

나는 머리를 흔들었다. 나원이의 머리카락과 등에도 먼지가 가득했다.

"먼지 한 톨에 하루. 시간이 쌓인 거지 뭐."

먼지와 같은 시간. 먼지 같은 인간. 어차피 모든 게 먼지라 해도 지금 이 먼지는 다른 색깔로 빛날 수 있다. 조심스럽게 희망을 걸어 볼 수도 있다. 모든 걸 지우고 다시 시작할 수 있다는 생각을 해 볼 수도 있다. 다르다, 달랐다. 여기는, 지금은, 우리는.

그래, 우리는.

우리는 돌담길을 따라 도서관으로 돌아왔다. 일부러 그늘을 벗어나 걸을 때, 무지막지하게 햇볕이 쏟아져 내려 머리끝부터 발끝까지 푹 담가진 듯했다. 그렇게 열기 속에서 나원이와 나는 의미 없는 말을 외치며, 걸었다. 여름 속을.

4

푸르, 프르, 프루스트 클럽

이모네 식구들과 남원에 가느라 며칠 나원이를 만나지 못하고 카페에도 가지 못했다. 강은 메말랐고 도시는 먼지에 덮여 있었다. 엄마와 이모 뒤를 몇 걸음 뒤처져서 걸었다. 광한루 연못에는 사람 다리만 한 살찐 잉어들이 우글거려, 먹이를 던지면 와글와글 몰려들었다. 두터운 잉어들이 차곡차곡 쌓여 그 위로 걸을 수도 있을 것 같았다. 혐오스러웠다.

어른들은 나에게 별로 말을 걸지 않았다. 내 주위의 어른들은 조심스럽게 나를 다룰 줄 안다. 최선의 배려, 내버려 두기. 그게 고마운 거라고 생각했다가, 아닐지도 모른다고 다시 생각했다.

돌아왔을 때, 도서관에서 나원이를 만났을 때는 숨을 쉴 수 있게 된 것 같았다.

"재밌었어?"

나원이가 물었다. 나는 고개를 저었다. 나원이는 웃었다.

"그래?"

나는 어쩐지 좀 창피해졌다. 보지 못한 며칠 동안, 계속 생각했다. 떠올렸다. 반짝이는 먼지와 햇살, 짙은 그림자, 풀 냄새, 내가 듣고 한 이야기들. 자기를 외계인이라 하던 실없는 농담, 혹은 진담까지. 그 기억, 느낌이 나를 살아 있게 하기라도 하는 것처럼. 갑자기, 나원이가 정색을 하고 물었다.

"이 책, 읽어 봤어?"

나원이는 책을 들어 보였다. 처음 만났을 때 가지고 있던 책, 우리를 만나게 한 책, 『잃어버린 시간을 찾아서』였다. 나원이의 책은 도서관에 있는 것 1, 2권을 합친 옛날 책이었다.

고개를 젓자 나원이는 책 중간을 펴더니 내밀었다. 앞 내용을 모르는 것과 상관없이 어려웠다. 몇 장씩 이어지는 독백과 복잡한 번역체. 나원이가 말했다.

"나, 이런 책 한번 읽고 싶긴 했거든. 아주 길고 지겹고 어려운 책."

풋, 나는 웃음을 참으며 물었다.

"길고 지겹고 어려운데, 왜 읽으려고?"

"읽고 싶으니까!"

나원이는 당연하다는 듯이 대답하고, 물었다.

"같이 읽어 볼래?"

"같이?"

"독서 클럽 같은 거 있잖아. 둘이서 해 보는 거지."

"독서 클럽?"

나는 앵무새처럼 나원이의 말을 반복했다. 나원이는 꼬박꼬박 대꾸했다.

"그래, 뭐…… 잃어버린 시간을 찾아서 읽기 클럽이라든지…… 좀 길다, 근데."

"프루스트 클럽."

말이 튀어나왔다. 의식도 하지 않았는데, 호시탐탐 기회를 노리며 혀 밑에 숨어 있기라도 했던 것처럼.

"뭐?"

나원이가 물었다.

"뭐라고 했어?"

"프루스트…… 클럽."

"어, 괜찮은데. 푸르, 아니, 프르, 아니, 프루스트, 프루스트 클럽이라. 말도 꼬이고 아주 괜찮아. 이름은 그걸로 결정!"

나원이는 책을 탁탁 치더니, 내게 내밀었다. 어쩔래? 하는 표정을 짓고서.

책을 읽는 것은 혼자만의 일. 그런데 책을 같이 읽을 수가 있을까? 하지만 그때 나원이가 다른 어떤 제안을 했더라도 좋다고 했을 것이다. 무엇이라도 할 수 있을 것 같은 기분이었다. 나는 책을 받아들었다.

"그래…… 좋아. 읽자."

프루스트 클럽의 목표는 올해 안에 『잃어버린 시간을 찾아서』를 다 읽는 것.

규칙은 하나, 중간에 뛰어넘거나 모르는 채로 그냥 넘어가지 않는 것.

우리는 오데뜨를 찾아가 그 책을 읽기로 했다고 말했다. 오데뜨는 막 웃더니 물었다.

"정말 계속, 다 읽을 수 있겠어?"

"그럼요!"

"그럴 거예요."

나와 나원이는 동시에 대답했다. 거의 자신만만할 정도로. 정말로, 다 읽을 수 있다고 생각했다. 책이 얼마나 어렵든 길든 상관없었다. 함께 읽기로 했다. 그 사실만이 중요했다.

"그럼…… 잠깐만, 여기에도 그 책이 있긴 할 텐데."

오데뜨는 카페 구석으로 우리를 데리고 갔다. 기역자로 꺾어진 구석에는 가리개를 쳐 놓은 좁은 공간이 있었는데, 그 안에는 쓰지 않는 탁자와 의자가 몇 개, 조명과 잡동사니가 담긴 상자들이 있었다. 우리 셋이 들어가니 꽉 찼다.

오데뜨는 벽 쪽에 쌓인 상자를 옆으로 치웠다. 천장이 가파르게 낮아져 고개를 숙여야 했다. 그 벽에는 내 어깨 높이 정도 되는 작은 문이 있었다. 처음에 상상했던 것처럼, 문 뒤에서 비밀 회합이 열리고 있을 것 같은 느낌이었다.

"여긴 창고야."

오데뜨가 문을 열고 불을 켰다. 창고 안에는 단단해 보이는 갈색 종이 상자들이 쌓여 있었다. 위쪽의 몇 개는 열려 있었는데, 책이 가득 들어 있었다.

"우와, 책이다!"

나원이가 내 마음처럼 말했다.

"여기에 다, 책이 들어 있는 거예요?"

"응. 무슨 책이 있는지 나도 잘 몰라. 누가 맡겨 놓고 간 거라서. 다 뜯어 보지도 않았고. 그래도 그 책은 여기 어디서 봤는데."

오데뜨는 몸을 굽혀 창고 안으로 들어갔다. 좁은 데다가 상자들 때문에 나원이와 나는 들어갈 수 없었다. 오데뜨는 무릎을 꿇고 앉아 위쪽의 상자 몇 개를 뒤지더니, 곧 나원이가 가진 것과 똑같은 옛날 양장본 『잃어버린 시간을 찾아서』를 꺼냈다.

"찾았다!"

오데뜨는 긴 치마에 묻은 먼지를 떨어 내면서 전리품처럼 책을 들고 창고 밖으로 기어 나왔다.

"자, 여기. 나원이는 책이 있으니까, 윤오한테 줄게. 설마 이거 한 권만 읽고 포기하지는 않겠지?"

"가져도 되는 거예요? 오데뜨 책도 아니라면서."

"책은 누가 안 읽어 주면 죽은 거나 마찬가지잖아. 여기에 이렇게 들어 있느니, 윤오한테 가는 게 책으로서도 행복할 거고, 책 주인도 그렇게 생각하는 사람이니까."

"고맙……습니다."

나는 책을 받아들었다. 부모님이 아닌 다른 누군가에서 책을 선물 받는 일은 좀처럼 없었다. 그것도 누군가가 보던 책. 보이는, 보이지 않는 흔적이 남은. 오데뜨는 갑자기 생각났다는 듯이 말 했다.

"그런데 여기 말야, 쓰지 않는 공간이거든. 어때? 너희 프루스트 클럽이 쓴다면. 치우고, 닦고 하면 괜찮지 않을까. 손님이

와도 신경 쓸 일 없고."

나원이와 나는 가리개 안쪽을 둘러보았다.

"정말 그래도 돼요?"

"어디 한번 꾸며 보라고."

오데뜨는 시원한 웃음을 지었다.

나원이와 나는 걸레와 대걸레를 가져다 탁자와 의자를 닦고, 바닥을 닦았다. 쓸 만한 의자를 몇 개 고르고, 나머지 자질구레한 것들은 모두 탁자 밑으로 몰아넣고, 탁자 위에 전기 등 하나를 올려놓았다. 조명까지 따로 켜 놓고 나니 그럴 듯했다. 나원이가 의자를 끌어다 앉으며 말했다.

"이제 없는 게 뭐지?"

나도 그 건너편 의자에 앉으며 대답했다.

"없는 게 없는 것 같은데."

정말 그랬다. 모든 것이 갖춰졌다. 자리에 앉으니 가리개 너머의 카페가 보이지 않아 정말 딱 우리의 공간인 것 같았다. 카페 안의 아지트.

"어쩌다가, 이렇게까지 되었지?"

내가 물었다. 나원이는 웃었다.

"무슨 범죄를 지지르고 막판까지 간 사람이 하는 말 같다. 공사장으로 숨어드는데, 밖에는 경찰이 포위하고, 총 맞아서 피 흘리면서 동료한테 하는 대사 같아."

"너무 구체적인데."

나도 따라 웃었다. 이런 일들이 나를 기다리고 있을 줄은, 상황이 변할 줄은 몰랐다. 지금까지 있었던 곳이 아닌 다른 곳에 있어도 된다는 것을 정말 몰랐다. 나원이는 탁자 위에서 건반을 두드리듯 손가락을 움직이더니 말했다.

"아니…… 사실은 나도 생각해. 어쩌다 이렇게까지, 오게 되었을까. 우리가 서로를 알게 된 거, 카페에 오고 오데뜨를 만난 거, 같이 책을 읽기로 한 거. 있지, 나에겐…… 이런 얘기야, 이건."

나원이는 생각을 정리하는 것처럼 말을 멈추었다가, 조심스러운 태도로 천천히 말했다.

"나는, 때로는 어떤 순간엔, 내가 가진 모든 것을 어떤 사람에게, 장소에, 일에, 쏟아 붓고 싶어져. 하지만 그걸 받아 줄 만한 사람이나 장소 같은 건 좀처럼 없어. 그럼 나의 에너지와 의지는 길을 잃고 사라져 버려. 그건 내게로 다시 돌아오지도 않아, 그냥 사라져. 그만큼 나는 비어 버리고, 누구도 그것을 받지 못하지. 그건 참 낭비잖아. 근데 이번엔 달랐던 거야. 좀 이상하긴 하지만, 이런 얘기."

나는 분명히 이해했다. 나원이가 왜 나에게 왔는지, 묻지도 않고 대답을 들은 것 같았다. 그리고 알았다. 나원이가 나를 발견하고 말을 걸었던 것만큼이나 내가 나원이를 거절하지 않은 것도 놀라운 일이었다는 것을. 나원이도 나에 대해 이상하다고, 특별하다고, 그리고 고맙다고 느끼고 있다는 것을. 나도 누군가에게 의미가 있는 인간일 수 있었다. 놀라웠다.

우리는 조금씩 책을 읽어 나갔다. 처음엔 이게 뭐야, 어려워, 소리를 입에 달고 살았지만 갈수록 감을 잡게 되었다. 읽는 속도를 맞춘 적은 없지만, 엇비슷하게 진도가 나갔다.

프루스트 클럽의 모임은 그 주에 자기가 읽은 부분에서 모르는 것, 재미있었던 것, 흥미를 끄는 것에 대해 이야기하는 식이었다. 마음에 들거나 인상적인 구절이 있으면 서로에게 읽어 주기도 했다. 처음으로 『잃어버린 시간을 찾아서』에 대해 이야기했던 날, 나원이는 맨 앞에 나오는 몇 페이지를 직접 읽어 주었다.

나원이의 목소리. 밤과 어둠, 잠과 기억에 대해서 이야기한다. 내가 눈으로 책을 읽는 것과 누가 읽는 것을 듣는 건 달랐다. 같은 이야기인데 다른 이야기인 것처럼, 새롭게 들렸다.

읽기를 마친 나원이가 말했다.

"이 부분, 맘에 들었어. 어떤 느낌인지 알 수 있을 것 같아. 잠에서 깨어났을 때 내가 누구인지, 여기는 어디인지 모르는 기분. 막 멍해지고."

"난 그런 느낌 좋아. 눈을 떴을 때 진짜로 전혀 모르는 곳이라면 정말 좋을 거라고 생각하는데."

"어떤 곳이면 좋겠는데?"

"글쎄 숲 속이라든지. 통나무집이라든지. 바닷가라든지, 그렇게 아주 동떨어진 곳."

"응, 재미있다. 넌 그런 걸 원하는구나."

나원이가 고개를 끄덕였다. 원한다고? 그렇게 적극적인 표현 같은 거 내겐 어울리지 않는데. 정말 난 그런 걸 원하고 있는 건가? 나도 몰랐던 내가 이야기를 하며 모습을 드러냈다.

무슨 이야기를 읽든지, 하든지 자신의 이야기로 돌아온다. 그게 우리가 서로를 알게 된 방식이었다.

나는 여전히 나원이가 어디에 사는지도 몰랐다. 나원이도 마찬가지로 내가 어디에 사는지, 우리 부모님은 뭘 하시는지 몰랐다. 그러나 우리는 서로에 대해 더 많은 것을 알고 있었다. 자신들이 나를 알고 있다고 생각할 다른 사람들 그 누구도 모르는 것을 나원이는 알았다. 나 역시, 그랬을 것이다.

개학 전날에도 카페에 왔다. 닦아 놓은 듯 맑은 날이었다. 해는 절대로 떨어지지 않을 것처럼 하늘에 붙어 있었고 하늘은 절대로 바래지 않을 것 같은 파란색이었다. 게다가 많이 덥지도 않았다. 가을이 잠깐 맛보기로 나타난 것 같은 날씨였다.

카페 문 손잡이를 잡으려다 말고, 나는 멈추었다. 언제부터 이 문으로 들어가는 게 이렇게 자연스럽게 되었지? 언제부터 이렇게조금도 망설이지 않고 문 안으로 들어서게 된 거지? 아니, 언제부터 내가 나원이보다 앞서 계단을 내려온 거지, 늘 나원이의 뒤를 따라 들어갔는데.

"왜 그래?"

뒤따라오던 나원이가 물었다.

"아, 아니야. 들어가자."

나는 문을 밀어 열었다. 이런 느낌으로 들어설 수 있는 문이 생길 줄은 정말 몰랐다. 설렘과 편안함이 동시에 밀어닥치고 종잡을 수 없는 떨림이 자연스럽게 몸을 감싼다.

"어서 와."

"안녕하세요."

꼭 그런 느낌으로 우리를 맞는 오데뜨. 수줍게 인사하는 제영군. 손님은 없고 대신 카페를 채우고 있는 건 종잡을 수 없는 선율의 피아노 음악.

"그럼, 오늘은 뭘 마셔 볼까."

오데뜨는 춤추듯 몸을 흔들며 주방으로 갔다. 오늘은 아이스 녹차와 포도 주스. 녹차는 썼다. 오데뜨는 달콤한 시럽을 넣으라고 했다. 나원이는 포도 주스를 마시더니 고개를 갸웃했다.

"맛이…… 이거 뭐예요?"

"뭐긴. 포도 주스라니까."

"아니, 상표가 뭐냐고요."

"상표? 우리 가게 홈메이드야. 밖에선 구할 수 없지."

"어쩐지."

"왜, 이상해?"

"좀 술 같은데. 발효된 것 같아요."

오데뜨는 포도 주스를 한 모금 마셨다.

"어쩌나. 진짜 그렇네. 어쩌다가 포도주가 됐지?"

"나도 주세요."

내가 손을 내밀자 오데뜨가 내 손등을 가볍게 찰싹 때렸다.

"됐네요, 미성년. 나원이도 녹차 마셔. 이건 내가 두고 아껴 마셔야겠다."

"그래도요."

나원이도 입맛을 다시고, 오데뜨는 잔을 치우는 듯하다가 내게로 밀었다.

"그럼 진짜 한 모금만."

발효가 된 포도 주스는 향이 진하고 톡 쏘는 듯했다. 시고 단 맛이 혀를 감아 돌았다.

"맛있다."

"그럼 계속 이렇게 만들까? 포도주로?"

"두고 몰래 마시게요?"

"너희도 조금씩 줄게. 다 같이 한 잔 하자."

"손님 왔는데 다 같이 취해 있고?"

"어떠니, 손님도 같이 마시면 되지. 아예 간판에서 카페를 지워 버릴까 보다."

"그 카페 글자가 없으면 여기가 뭐 하는 덴지 어떻게 알겠어요? 점집이라고 생각하는 거 아냐? 당신의 잃어버린 운명을 찾아 드립니다, 이렇게?"

나원이의 말에 쿡, 탁자를 닦던 제영군이 웃었다. 우리는 모두 신기하게 그쪽을 바라보았다. 제영군은 얼굴이 빨개져서 주방으로 들어가 버렸다.

손님이 몇 명 들어오고, 나원이와 나는 우리 아지트, 가리개 너머 구석으로 가려고 일어섰다. 주문을 받던 오데뜨가 우리를 불렀다.

"잠깐 기다려 봐. 보여 줄 게 있어. 지난번에 말한 그거. 집에서 찾아봤거든."

"어, 그게 진짜 있는 거예요?"

책에 나오는, 물에 종이를 담그면 그 종이가 펴지고 형태를 이루어 꽃이 되고 집도 되는 일본 놀이가 어떤 것일까 멋대로 상상해 본 적이 있었다. 오데뜨는 집에 그런 종이가 있노라고, 가져다 주겠다고 했다. 진짜로 오데뜨는 물을 채운 하얀 도자기 그릇과 작은 종이 봉투를 가져왔다.

"자, 기대하시라."

오데뜨가 종이 봉투에서 희고 붉고 초록인, 접힌 종이를 꺼내 물이 담긴 그릇 안에 넣었다. 종이는 물을 머금으면서 천천히 펼쳐졌다. 색이 물들고 형태가 만들어진다. 흰색 종이는 붉은색을 받아들여 꽃잎이 되고, 또 초록색을 받아 잎이 된다. 물 위에 핀 꽃. 제영군도 그걸 보러 왔고 손님들도 다가와 감탄했다.

아무렇지도 않은 종잇조각이 꽃으로 피어난다. 물 속에서만 존재할 수 있는 깨지기 쉬운 환상. 나는 끝까지 눈을 떼지 않고 곧 물 아래로 가라앉아 버릴, 순간의 꿈 같은 종이꽃을 바라보았다.

그 날은 늦도록 카페에 있었다. 나원이는 알바를 가지 않았다. 나는 약간 창피해하면서, 카페에서 할 만한 일이 아니라고 느끼면서 방학 숙제를 하고 나원이는 책을 읽었다. 오데뜨는 토마토와 양상추와 닭고기를 넣은 특별 샌드위치를 만들어 주었다. 늘 공짜로 받기만 하는 게 미안해서 설거지를 하려고 했더니, 나원이가 숙제나 하라며 자기 혼자 한다고 했다. 미안했지만 숙제가 급하기는 했기 때문에 뻔뻔스럽게 수학 문제를 풀었다.

가리개 너머에서는 음악을 배경으로 가벼운 대화 소리와 웃음소리가 들린다. 따스한 조명의 빛. 거의, 즐거운 느낌. 손에 잡힐 듯한 무엇. 나는 무언가를 가지고 있다. 가지고 있어. 설레었다.

카페를 나왔을 때는 막 거무스름하게 엷은 어둠이 내려앉고 있었다. 시원했다. 내일 개학을 한다는 게 별로 실감이 안 났다. 학교가 어땠는지 까마득해서 기억할 수 없었다. 개학을 하면, 이렇게 자주 카페에 올 수는 없을 것이다. 그 사실도 실감이 안 났다.

"야아."

나원이가 내 등을 장난스럽게 툭 쳤다. 기분이 좋은 것 같았다.

"왜애."

나도 나원이를 툭 쳤다.

"구원 받는 기분이야."

"어떤 기분인데, 그게?"

"구원 받아야 할 만한 처지가 아니면 모르지."

나원이는 구원 받아야 할 만한 처지에 있는 사람답지 않게 환한 웃음을 지으며 말했다. 나도 웃으며 대꾸했다.

"알 거 같아, 나도."

5

까마귀와 태양과 씨 뿌리는 남자

개학날에는 비가 왔다. 반팔 소매 아래로 소름이 돋았다. 오랜만에 입은 교복은 남의 옷 같았다. 전학 온 날과 비슷한 기분이었다. 정류장으로 똑같은 교복을 입은 아이들이 가득 찬 버스가 오고, 똑같은 교복을 입은 아이들이 버스가 선 곳으로 우르르 몰려갔다. 빗물이 튀고, 나는 내가 저 버스를 타야 하는 것인지 몰라서 버스 한 대를 놓쳤다. 어디로 가야 하는지, 무엇을 해야 하는지 막막했다. 몸에 배어 있던 모든 버릇을 잊고 습관을 잃어버린 것 같았다.

이학기 첫날, 나는 아슬아슬하게 지각을 면했다. 빈 버스가 연달아 와 주었고 내 뒤쪽에 서 있던 아이들이 나를 밀어 대는 통에 엉겁결에 버스를 탔기 때문이었다. 아이들에 휩쓸려 버스에서 내리고, 걸었다.

그 비 오는 서늘한 여름날 아침에 연한 초록색 우산을 쓰고 조금 춥다고 느끼면서 학교길을 걸어 올라가던 기억, 그 느낌은 아직도 선명하다. 모든 것이 낯설어 내가 어디에 있는 건지, 여기가 나와 무슨 관련이 있는 것이며 나는 무엇을 하려고 하는 건지, 알 수 없었다. 신경이 조각조각 갈라져 마구 흐트러져 있는 것 같았다. 그러나 도리어 모든 것이 분명해 보였다.

슬로우 모션처럼 느리게, 시간은 두툼해져 손에 잡힐 듯했다. 내 몸은 걷고, 내 정신은 한 발짝 뒤로 물러나 가만히 바라보았다. 무겁게 떨어지는 빗방울이 보였다. 비가 오면 그렇듯 모든 색깔이 한 겹 진한 톤을 띠어, 아름다웠다. 그런데 그 의미는 전혀 알 수가 없었다. 이해하지 못하는 먼 나라의 문자를 보듯이 나는 무엇도 해독하려 하지 않고 의미도 부여하려 하지 않고 그냥, 보았을 뿐이다.

철 냄새를 풍기는 낡은 교문, 운동장, 큰 나무들, 내 곁을 지나 뛰어가는 아이들. 흙과 비 냄새. 가까이 울리는 종 소리. 여기는 어디더라.

시끌벅적한 교실에 들어가자 사람 냄새, 땀 냄새가 훅 끼쳤다. 맑았던 정신이 서서히 흐려지는 느낌. 아주 익숙하게, 모든 것이 닫히는 느낌.

이학기가 시작되었다.

나는 학교 도서관 열람실 좌석 추첨에 뽑혀서 한 자리를 얻게 되었다. 저녁을 먹고 야자 시간이 되면, 열람실 좌석이 있는 애들은 도서관으로 갔다. 열람실은 터무니없이 넓었고 칸막이가 달린 책상이 빽빽하게 들어차 있었다. 이학년 애들도 같은 열람실에 섞여 있어서 일학년이 조금만 떠들어도 노려보았다. 그런 게 싫다며 일학년들은 대부분 열람실 좌석을 신청하지 않고 교실에 남는 쪽을 택했다. 하지만 나에겐 열람실이 더 나았다. 숨막힐 것 같은 고요함도 답답하지 않았다. 칸막이 아래로 고개를 숙이면 다른 것들은 보이지 않는다. 어차피 몇 시간이고 때워야 한다면 이 곳에 내 왕국을 쌓을 것이었다.

『잃어버린 시간을 찾아서』는 늘 가지고 다녔다. 마음이 차분할 때, 집중할 수 있을 것 같을 때만 펼쳤다. 다른 책을 대하듯 마구 읽지 않았다. 열람실 칸막이 안에서 혼자가 되었을 때만 보았고, 교실에서는 절대 꺼내지 않았다.

"요즘 학교는 어때?"

개학하고 첫 번째 토요일 날, 나원이가 정말로 궁금하다는 듯이 물었다.

"똑같아. 그냥 고여 있는 거 같아. 썩는 것처럼."

엄마와 오빠와 할머니도 조심스레 물어 보았다. 나는 아무렇지도 않다는 표정으로 괜찮아요, 좋아요, 나아졌어요. 그럼 사람들은 안심했다는 표정으로 그럼 그렇지, 이제 괜찮아졌구나, 좋아졌구나. 우리 윤오는 어디 가서든 잘할 거야.

나원이가 말했다.

"열심히 다녀. 학교 다닐 때가 좋은 거야."

"그게 네가 할 만한 소린가?"

"언니 말 들어라, 응?"

나원이가 장난스레 대답했다. 그러더니 갑자기 목소리가 작아졌다.

"난 벗어날 곳도 없어. 묶여 있지 않으니까, 풀 것도 없어. 아무 제약이 없는 것 같은데 또 거미줄로 둘러싸인 것 같다. 그게, 더 답답해."

자신이 선택한 길인데도 명쾌해지지 않는다. 나원이는 학교를 떠났고 그럼 그걸로 행복할 수 있을 것 같은데 그렇게 단순하지가 않은가 보았다.

나원이가 자기가 쓴 시 비슷한 것을 보여 준 게 그 날이었다. 나원이는 그건 절대로 시가 아니라고, 낙서라고 했지만.

왜 내가 여기에 이러고 있어야 하지?

왜 내가 평온을 가장하고 이렇게 시들어 가야 하지?

해결책은 없다. 벗어날 구멍은 없다. 빛도 없다.

초라한 상상력을 두르고 추위에 떨면서 나아가라.

한없이 가난하고 한없이 얄팍한 이 생.

분노를 잠재우는 것은 포기뿐인가.

혐오를 가라앉히는 것은 도피뿐인가.

모든 것이 너무나 뻔해서,

가치 있는 것과 없는 것을 구별할 수 없어서,

그만둬 버린다.

"자퇴하려는데, 담임이랑 한판 하고 나서 썼던 거야."

나원이가 종이를 빼앗아 가며 말했다.

"본인이 관두겠다는데, 왜 잡는 건지. 그것도 좋은 말은 하나도 안 하면서 말이야. 부모님 얘기나 꺼내고. 지독했어."

나원이는 종이를 도로 꼬깃꼬깃 접어 지갑에 넣었다.

"계속 가지고 다녔어? 왜?"

"으음…… 그런 때가 있었다는 걸 기억하려고. 마지막에 가깝도록 밀어붙여졌다는 걸. 행복한 것 같은 순간에도 기억하려고. 그게 진짜가 아닐 수도 있다는 걸."

뭔가 치밀어 오르는 기분이었다. 나는 말로 표현하지 못하는 모호하고 불분명한 무언가가 어설프게나마 언어의 윤곽을 띠고 나타났다. 나원이는 자신의 말을 가지고 있다. 나는 아직까지 한 문장도, 한 단어도 골라 내지 못했는데.

"넌, 그만두고 싶어?"

나원이가 물었다.

"그래."

"왜?"

"……"

대답하지 못했다. 나는 어떻게 말해야 할지를 모른다. 어디서부터 시작해야 하는지, 어떤 단어를 선택할 수 있는지도 알지 못한다. 사실 나는 학교를 그만두고 싶은 게 아닌지도 모른다. 나는 그저, 혼란스러울 뿐.

"자, 자, 선물이 있단다."

나원이는 분위기를 바꾸려는 듯 목소리를 높이며 가방에서 크고 납작한 상자를 꺼냈다.

"짜잔!"

나원이가 내민 상자에 그려진 건 온통 노란색투성이인 고흐의 그림이었다. 씨 뿌리는 사람. 화면의 사분의 삼 정도는 노랗고 붉고 푸른 들판이고 그 위로 얼굴이 뭉개진 남자가 씨앗을 뿌리며 걸어온다. 지평선으로는 생생한 노란색 해가 지고, 혹은 뜨고, 까마귀들이 남자의 뒤를 쫓아 날아든다.

"퍼즐? 지그소?"

"그래. 해 본 적 있어?"

"어렸을 때, 디즈니 같은 건 해 본 것도 같은데……"

나원이는 상자 뚜껑을 열고, 망설임 없이 탁자 위에서 뒤집었다. 좌르륵, 천 개의 조각이 뒤섞여 탁자 위로 쏟아졌다.

"천천히 맞춰 보자. 즐기면서, 심심할 때마다. 이건 개학 선물. 여기 액자틀도 가져왔으니까, 이 위에 맞추면 돼."

"그게 선물로 축하할 일이야?"

"위로 선물이란 거지."

나는 퍼즐 조각을 하나 집어 들었다. 한쪽 면은 그림이고 다른 면은 밋밋한 풀색이었다. 약간 낡았다. 나원이가 오래 가지고 있던 것 같았다. 나원이가 말했다.

"퍼즐을 쉽게 맞추려면, 먼저 모두 그림이 있는 쪽으로 뒤집어. 그 다음에는 이렇게, 한쪽이 직선인 테두리 조각들을 찾는 거야. 테두리를 둘러 맞춰 놓아야 안을 채우기가 쉽거든."

"사는 거랑 비슷하네."

나는 중얼거렸다.

"테두리를 정하고, 그리고 안을 잘 채우기. 테두리 밖의 퍼즐

들이 있다면, 그것들은 어떻게 될까."

"테두리 밖에도 퍼즐 조각들이 있다고 생각해?"

나원이가 물었다.

"나는, 늘, 그런 기분이야."

학교에서, 겉으로 보기에 나는 여전히 말이 없고 책만 읽는 전학생이었지만 내 안은 여름 전과 달랐다. 나는 여기가 아닌 다른 곳에 손이 닿아 있었다. 여기에 속해 있지 않다는 것이 분명해졌다. 나는 테두리 밖의 조각.

내가 달라졌다는 것을 반 아이들은 조금씩 알아차렸다. 사람들은 자기들에 가까워지는 쪽이 아닌 변화는 싫어한다. 우리가 되지 않을 거라면 아무것도 아닌 게 낫다.

예전엔 말없는 것이 조용하고 얌전한 것이었는데, 이제는 건방지고 비협조적인 것이 되었다. 신중한 것이 제멋대로인 게 되고 자기 할 일을 하는 게 잘난 척하는 게 되었다. 아이들은 내 책상 옆에만 오면 발이 걸리는지 비틀거리며 책상 다리를 차고 책을 떨어뜨렸다. 크게 비아냥거리는 소리도 자주 들렸다. 조를 짜면 늘 남았고 선생이 정해 준 조의 아이들은 드러내놓고 싫어했다. 나는 화학 실험실에서는 아무것도 만지지 않았고 음악실에서는 아무 소리도 내지 않았다. 가끔 선생들은 나에게 좀 더 사교적이 되라고, 애들하고 잘 지내라고, 물으면 대답을 하라고, 말했다. 일학기에는 전학 와서도 잘하는 것 같더니. 담임이 말했다.

그래도 나는 아무렇지 않았다. 학교의 그 누구도 살아 있는 것으로 느껴지지 않았다. 평평한 이차원 위의 존재들. 종이처럼 접히고 구겨진다. 이들은 절대 내 눈이 닿는 곳을 보지 못하고 내가 듣는 것을 듣지 못할 것이다. 나는 학교 밖에 삼차원의 진짜를 가지고 있다. 여기는 내게 아무런 의미가 되지 못한다.

나는 더 완강하게 침묵을 지키고 건방져지고 잘난 척하고 비협조적이 되어 책에 파고들었다. 『잃어버린 시간을 찾아서』 말고도 카페 창고에 있는 책을 빌려 와서 읽기도 했다. 나는 학교 건물 벽돌색을 구분하고 여름 장미의 종류를 조사하고 교문에서 교실까지 걸음 수를 세고 학교 도서관의 낡은 서고에 매달려 읽을 만한 책들을 골라 내었다. 졸업하기 전에 학교 도서관 책을 다 읽어야지. 막연한 계획. 졸업, 이라니, 너무 멀고 가망없어 보였다.

얼마나 오래 이 곳에 있어야 하는 걸까? 교실. 복도. 선생. 아이들. 나무와 철로 된 책상, 의자. 차갑고, 딱딱한 것들. 학교 안에는 마음을 끄는 것이 없었다.

야자를 하러 도서관으로 가면서, 노을을 보았다. 황금색으로 빛나는 구름, 분홍과 보라와 주황. 노을이 열어지는 경계의 하늘색은 여리고 투명했다. 저게 바로 책에서 이야기한 하늘 위의 꽃다발이야. 푸른빛과 장밋빛. 꽃잎이 흩어져 하늘을 메운다고 했지. 나원이에게 꼭 이야기해 줘야지, 다짐하면서.

6

효은

쉬는 시간 종이 울렸다. 열람실 안에 시간이 돌아왔다. 참았던 숨과 웃음과 비명이 터지고 아이들은 화장실로 달려갔다. 나는 그대로 자리에 앉아 『잃어버린 시간을 찾아서』를 꺼냈다. 지금은 붐빌 테니까 쉬는 시간 끝나기 오 분 전쯤에 화장실에 갈 생각이었다. 너무 시끄러운데도, 아마 그래서 더 집중이 잘 되었다.

"뭐 읽어?"

나는 놀라서 책을 탁 덮었다. 우리 반 부반장이었다. 신효은. 이 열람실에 우리 반은 효은이와 나뿐이었다. 효은이는 칸막이에 기대어 방긋 웃더니 고개를 숙이고 책표지를 들여다보았다. 매직을 한 건지 좋은 샴푸를 쓰는 건지 길고 매끄러운 머리카락이 내 어깨에 살짝 닿았다가 떨어졌다.

"뿌르스트…… 아, 마르셀 프루스트?"

책 제목이 아니라 작가 이름을 읽었다. 다르다, 는 느낌이 가볍게 스치고 지나갔다.

"넌 보면 계속 책만 읽고 있더라. 책 많이 좋아하나 봐, 윤오야."

"그냥…… 따로 할 일도 없으니까."

윤오야, 윤오야, 라니. 학교의 누군가가 내 이름을 그렇게 부른 것은 전학 오고 나서 처음이었다. 번호가 아닌 내 이름. 성도 빼고 윤오야.

내 칸막이 옆에 서서, 효은이는 이런저런 것을 묻고 이야기했다. 무슨 책을 좋아하는지, 자기는 무슨 책을 읽고 있는지, 그렇게 책에 관련된 것들에 대해서 이야기했다. 정말 뜬금없는 일. 그런데 아주 자연스러웠다. 그게 효은이가 할 수 있는 일이었다. 웃으며 성큼 내 영토 안으로 들어오는 것. 거부감도 없이, 예비종이 울릴 때까지.

야자가 끝나 가방을 챙기고 있는데 또 효은이가 내 쪽으로 왔다. 걸어가는지, 버스를 타는지, 지하철로 가는지? 버스 정류장까지 같이 갈래? 그러지 뭐. 나는 알 수 없는 기분을 느끼며 대답 했다.

보름이었다. 나뭇가지가 휘어지게 달린 풍성한 나뭇잎이 달빛에 빛났다. 벌써 가을이 오려는지, 해가 지면 서늘했다. 효은이와 나는 도서관 계단에 드리운 서로의 그림자를 밟고 천천히 내려와 이미 아이들이 다 빠져 나간 운동장을 가로질렀다.

그 날부터 효은이는 도서관 열람실에서는 나에게 말을 걸었다. 낮에는 물론 아니었다. 점심을 같이 먹는 친구들, 체육 시간에 운동장에 나갈 때와 음악 시간에 교실을 옮길 때 같이 가는 친구들이 언제나 효은이를 둘러싸고 있었다. 나는 그 사람의 장막을 헤치고 효은이에게 다가가지는 않았다. 그럴 필요도 느끼지 못했고 그러고 싶지도 않았다. 효은이는 그 곳의 아이고 나는 아니다.

효은이는 그 곳에서도 누구나 다 괜찮다고 하는 아이였다. 반 아이들 누구나와 다 잘 지냈다. 선생님들의 총애도 듬뿍 받고 있었다. 험한 말을 쓰는 일도 없고 공부도 곧잘 했지만 모범생 같기보다는 어딘지 당차 보였다. 못 하는 것도 없고 두려운 것도 없는 아이. 그런 느낌.

게다가 효은이는 예쁘기까지 했다. 아이들은 긴 머리를 죽어라 풀고 다니고 선생들은 또 죽어라 묶으라며 쫓아다니는 학교에서, 아이들은 실핀으로 머리카락을 뒤로 넘겨 정리해야 했는데 효은이도 수업 중에는 긴 머리카락을 그렇게 뒤로 넘겼다. 그런 머리를 한 어떤 아이들은 프랑켄슈타인의 신부처럼 보였지만 효은이는 로빈 후드의 연인 같았다.

많은 것을 가진 아이는 어떻게 그 많은 것들을 가지게 되는 것일까? 효은이 자신도 모를 것이다. 자기가 많은 것을 가졌다고 생각하지 않을지도 모른다. 심지어 부족하다고 할지도 모른다. 오데뜨가 사람의 열등감과 우월감은 시계추의 폭처럼 양쪽으로 똑같이 오간다고 한 적이 있다. 우월감이 높을수록 열등감도 깊은 것이라고. 그렇다면 효은이의 열등감은 어디쯤 와 있을까.

가끔 나는 책을 읽다 말고 짝과 주변 아이들과 떠들고 있는 효은이라든지, 칠판에 낙서를 하며 장난을 치는 효은이를 보았다. 아이들과 있을 때의 효은이는 밝고 당당하고, 그리고 어딘가 위태롭다. 그런 효은이와, 나와 이야기하는 효은이는 같은 사람이 아닌 것 같았다. 나는 가끔, 다른 아이들이 나와 효은이의 관계에 대해 알게 되면 어떤 반응을 보일지 궁금했다.

"왜 나랑 이야기하는데? 다른 애들이 알면 곤란할 텐데."

나는 일부러 꼭 꼬집어서 말을 꺼내 보았다. 효은이는 하나도 당황하지 않고 곧바로 말을 받았다.

"그럴 것 같아?"

"그럼 아니야?"

"난 다르거든. 재수 없게 듣지 마. 애들은 나한텐 뭐라 하지 않을 거야."

"뭐야, 진짜 재수 없네."

나는 웃어 버렸다. 속으로는 그 자신감을 납득하면서. 효은이는 아무도 따돌리거나 괴롭히려 들지 않겠지. 저런 아이는. 효은이가 물었다.

"애들이 왜 널 따돌리는지 아니?"

"너무 직접적인 거 아냐?"

효은이는 늘 그렇듯 한 걸음에 다가왔다. 망설일 것도 머뭇거릴 것도 없어 보였다. 효은이가 스스로 대답했다.

"넌 너무 강해 보여."

"뭐라고?"

얼떨떨했다. 이유 같은 건 생각해 보지 않았다. 그냥 당연한 것처럼 받아들이고 있었다. 그런데, 강해서라니.

"너무 뚜렷하고 튀고 굽힐 줄을 모르니까."

"내가 어디가 그래? 아무도 그렇게 생각 안 해."

"남들이 생각하는 걸 네가 다 알기라도 하니?"

"그건 너도 마찬가지지. 네가 어떻게 다 알아?"

내가 말하자 효은이는 물러섰다.

"하긴, 나만 그렇게 생각하는 걸 수도 있겠네. 근데, 난 그렇게 생각했어. 너 처음 봤을 때 말이야, 그런 생각이 들더라. 아, 얘랑은 무지 친해지거나 아주 원수가 되겠구나. 그러니 친구가 될 수밖에 없잖아. 인생 모토를 지키려면."

"인생 모토?"

"적을 만들지 않는다."

효은이는 환하게 웃으며 대답했다. 내뱉는 말과 너무 어울리지 않는 웃음. 적을 만들지 않는다, 라니. 얘가 이런 애라는 거 다른 애들은 정말 모를 거야.

"왜 적을 만들지 않으려는 건데?"

"적이 있으면 귀찮잖아."

효은이가 생글생글 웃으며 대답했다. 나도 저절로 따라 웃게 되었다. 웃는 얼굴에 침 못 뱉는다는 게 이런 거구나, 실감하면서.

"친구를 만드는 게 더 귀찮을 거 같은데……"

"아, 그래서니? 네가 친구를 안 만드는 건?"

할 말이 없어졌다. 아니야, 나도 친구가 없진 않아. 그리고 사실 내가 친구를 안 만드는 게 아니라……

"뭐, 글쎄."

"하지만 친구가 없다면 더 피곤하지 않니. 아니, 꼭 친구가 아니어도, 적당히 우호적인 관계에 있는 게 편하잖아."

"그럼 네 주위에 있는 애들은 다 그런 거야? 적당히 우호적인 관계?"

"다 그런 건 아니야. 그리고 굳이 그런 말, 입 밖에 내지 않아. 상처를 주고받는 것도 피곤한 일이니까."

"그럼 왜 나한테 그런 얘기를 하는 건데."

"이상하니? 난 너라면 이해할 줄 알았는데."

"과대평가하지 말아 줘."

"어때, 상관없잖아. 우린 잘 지낼 수 있을 것 같아."

효은이는 나를 보고, 다시 웃었다. 뭐야, 정말로 이상한 아이. 그런데 나쁘지 않았다. 나도 그냥 다시 웃어 버렸다.

나원이 때와는 좀 다른 기분으로 나는 효은이가 내게로 오는 것을 기다리기 시작했다. 어쩌면 어린 왕자의 여우처럼 길들여지고 있었는지도 모른다.

학교에서 누군가와 가까워질 줄은 몰랐다. 다른 사람들 앞에서는 아는 척하지 않고 일부러 가방을 천천히 챙겨 열람실을 꼴찌로 나와 운동장을 가로질러 걷는 것뿐이지만, 어쨌든 그것도 가까운 것이라고 말할 수는 있으니까.

효은이는 마치 작정하고 나에 대해서 호기심을 가지기로 한 것 같았다. 효은이는 내 가족에 대해서, 중학교 때와 전학 전의 학교에 대해 많은 것을 물었다. 나는 있는 그대로 다 말한 건 아니었지만 꽤 성실하게 대답하긴 했다. 효은이와 이야기하는 것은 나원이와 이야기하는 것과는 정말 달랐다. 효은이는 다른 의미에서 나에 대해 알아 가고 있었다.

"오빠가 있어? 좋겠다. 난 동생만 둘인데."

"여자 애? 남자 애?"

"하나씩. 꽤 귀여워, 우리 애기들."

효은이 목소리에 애정이 어렸다. 따뜻하고 포근했다. 효은이가 다시 물었다.

"너희 아버지 어머니는 친하시니?"

"어? 글쎄. 어차피 부부인데, 친하다기보다는……"

나는 약간 어리둥절해하며 대답했다. 효은이의 질문은 가끔 종잡을 수가 없었다.

"지금 우리 아빤 일본에 계시거든. 회사 일로. 떨어져 있으니까 싸울 일은 확실히 적겠지만."

"일본에 계셔? 얼마나?"

"올해 초에 가셨는데, 글쎄. 몇 년 더 계실걸."

"엄마는 따라가지 않으셨어? 너 때문에?"

"그런 건 아니고, 엄마는 중학교 수학 선생님이거든. 학교를 그만둘 수는 없으니까."

"그럼 아버지는 자주 한국에 오셔?"

"아니. 올 추석에도 안 오신대. 내년 설에는 오시겠지."

"좋겠구나."

"응?"

"아버지가 옆에 없다는 것도 행운이지."

지금까지 알아 온 효은이 같지 않은 차가운 목소리. 그래? 하고 대꾸할 수밖에 없었다. 왜 행운이라 하는지는 묻지 못했다. 효은이의 또 다른 모습. 움츠러들 정도로 차가웠다. 나에게만 보이는 효은이의 진짜 모습 중 하나였다.

내가 효은이에 대해 말해 주자 오데뜨는 재미있어 하며 한번 카페에 데려오라고 말했다.

"카페에? 아니, 그건 좀."

"왜?"

오데뜨는 짐짓 이상하다는 듯이 물었지만, 나원이는 고개를 끄덕였다. 나원이도 다른 사람을 이 곳에 데려온 적이 없었다. 나원이와 나에게 이 카페는 세상에 속하지 않은 곳, 우주 정거장과 같은 곳이었다. 카페로 들어오면 격리되듯 모든 끈을 놓을 수 있다. 여기서의 나는 바깥의 사람들이 보는 내가 아닐 수 있고 그게 바로 진짜 나인 것 같았다. 어쩌면 무균실처럼 모든 것이 정화되어 세균이 함부로 들어오지 못하는 곳. 그런 곳에 바깥의 아이를 데려올 수 있을까.

내 생활은 조각조각 나 있는 것 같았다. 엄마는 카페에 대해 모르고 반 아이들은 효은이와 나에 대해 모르고 효은이는 나원이와 클럽에 대해 모르고. 집에서의 나, 학교에서의 나, 카페에서의 나는 마치 같은 사람이 아닌 것처럼 다르다. 삶은 원래 이렇게 나뉘어 서로 모순되는 것일까. 모든 게 모아져 하나가 되는 기분 같은 건 느낄 수 없고.

음악 시간에, 효은이는 앞에 나가 노래를 불렀다. 효은이의 목소리는 가는 듯하면서도 성량이 풍부해서 안정감이 있었다. 나는 그 음들을 들으며 자연스럽게 나원이를 떠올렸다. 어딘가 비슷한 느낌이다, 두 사람. 꼭 집어 말할 순 없지만. 이 반 부반장은 노래도 잘하는구만. 아무 번호나 찍어 노래를 시키던 음악 선생이 감탄했다.

"노래, 잘하더라."

그 날 야자가 끝나고 함께 걸어 나오면서 내가 말했다.

"아아."

효은이는 흥미 없다는 듯 대꾸했다. 아마 효은이는 수십 번도 더 그런 칭찬을 들었겠지. 뻔한 소리를 해 버렸다.

"노래 같은 거, 연습만 하면 돼."

"연습도 해?"

"당연한 거 아냐? 하면 된다 있잖아. 하지만 뭐, 잘해 봤자. 그냥 다 시시해."

효은이가 말했다. 효은이에게는 세상의 지도가 뚜렷했다. 어디로 가면 무엇이 나올지 알고 게임의 규칙을 완벽히 익히고 있는 듯한 자신감. 본질을 알고 있다는 확신. 하지만 효은이는 그만큼 모든 것을 시시해했다.

"근데 왜 그렇게 열심히 해서 잘하려고 해?"

"내가 뭘?"

"넌 공부도 잘하고, 운동도 잘하고, 음, 노래도 잘하고…… 애들하고도 잘 지내고…… 왜 그러는데? 그리고 너는 열심히 한다고 하지만, 그냥 술술 하는 거 같은데."

"아냐, 솔직히, 아주 솔직히 말해서, 나, 열심히 한다고. 얘기했잖아. 잘하려면 열심히 해야 된다고. 천재가 아니니까. 그렇게 안 보일지 몰라도, 속으론 죽어라 노력하고 있어."

"그러니까, 왜 그러냐고. 시시하다고 생각하면서."

"시시해도 살긴 살아야 하니까. 어차피 사는 거면 잘 살고 싶거든. 이왕 학교 다니는 거, 무시당하면서 빌빌 길 게 뭐 있니.

공부를 잘해 두면 득이 되는 게 많으니까. 사교적이 되면 또 그렇고."

"대신 귀찮잖아."

"반대의 경우보단 덜 귀찮아. 뭘 못하는 게 얼마나 귀찮은 건데. 어느 정도 높이 올라서도록 해 놓으면 그 뒤로는 쉬울 뿐이고. 선생들도 공부 잘하고 인사 잘하는 애는 못 건드리잖아."

"그건 건드릴 이유가 없어서지."

"공부 못하고 막 나간다 해도, 생각해 보면 선생들이 굳이 그걸 바로잡으려 할 필요는 없는 거 아니니? 어차피 남의 인생. 근데 괜히 귀찮게 군단 말이야. 그게 싫어."

"귀찮은 것도 많다."

"너도 공부는 하잖아?"

"하기야 하지. 하던 만큼은 하려고 하니까."

"거 봐."

"글쎄. 너랑은 달라."

"그래, 넌 달라, 김윤오."

"이상한 결론이다, 너."

서로 말꼬리를 잡고 늘어지는 것 같아도 효은이와 이야기하는 것은 나쁘지 않았다. 아니, 즐거웠다. 효은이와 이야기를 하고 있으면 머리가 좋다는 것이 이런 뜻이구나 알 수 있었다. 빠르게 판단하고 정확하게 대답한다. 머뭇거리거나 말끝을 흐리는 일도 없다. 뉴스나 신문을 보지 않는 나와는 달리 온갖 시사 문제도 잘 알고 있고 나름의 가치 판단도 분명했다. 선생이나 아이들에 대해서도 냉소적일 정도로 날카로운 평가를 내리고 있고, 바로 나에 대해선, 효은이는 '특별하다'고 생각하고 있었다.

그 애가 내게 부여하는 특별함에 도취되기라도 했던 것일까, 나는 효은이에게 프루스트 클럽에 대해 말했다. 처음이었다. '잃어버린 시간을 찾아서' 카페 밖의 사람에게 클럽에 대해 말하는것은.

효은이가 주말엔 무얼 하느냐고 물었을 때였다. 도서관 가. 여기, 학교 도서관? 아니 시내로, 먼데, 괜찮아. 가서 뭐 하는데? 공부도 하고…… 책도 읽고. 학교에서랑 별 차이 없구나. 아니 좀 다른데. 어떻게?

나는 잠깐 머뭇거렸다. 프루스트 클럽 얘기를 할 수 있을까? 해도 될까? 하고 싶은 걸까? 이 아이에게?

효은이는 말을 잇지 않고, 내가 대답하기를 기다렸다.

"독서 클럽…… 비슷한 걸 하거든."

여전히 혼란스러운 채로 대답했다. 엄청난 비밀을 털어놓는 것처럼 후련한 기분도 들고, 나만이 가지고 있던 뭔가를 내주는 것처럼 아까운 느낌도 들었다.

"뭘 읽는데? 소설, 아니면 뭐?"

"그러니까, 사실은 작품 하나만 읽으려고 만든 거라서. 음, 그게 워낙 기니까, 여러 권 읽는 거랑 비슷하긴 하겠지만."

"아."

효은이가 감 잡았다는 듯이 고개를 끄덕였다.

"그거구나. 마르셀 프루스트, 『잃어버린 시간을 찾아서』. 윤오 너, 그거 읽고 있었잖아. 내가 처음 말 걸었을 때."

기억하고 있다니 기분이 묘했다. 나는 효은이가 왜 그 책을 읽는 것인지, 몇 명이나 같이 하는지, 이것저것 더 물어 볼 것이라고 생각했지만 효은이는 묻지 않았다. 그래서 며칠 뒤에 효은이가 자기도 프루스트 클럽에 들어오고 싶다고 말했을 때, 놀랐다.

나로서는 효은이가 학교의 아이라는 것을 생각하지 않을 수 없었다. 갈라진 두 세계가 이어지게 할 것인가. 위험 부담은 크다. 하지만…… 나는 클럽의 다른 친구에게 물어 보겠다고 말했다. 효은이는 여전히 프루스트 클럽에 대해 자세한 것은 하나도 물어 보지 않았다. 아무래도 상관없다는 무조건적인 지향을 보여 주듯이.

의외로 나원이는 간단하게 좋다고 말했다.

"맞으면 계속 있을 것이고, 아니면 그만두겠지. 어느 쪽이든 괜찮아."

"별로…… 마음에 안 들지도 몰라. 되게 솔직한 애고…… 음, 뭐랄까, 말이 잘 안 떠오르는데……"

갑자기 딱 맞는 말이 생각났다.

"이미 완성되어 있는 아이 같아."

나원이는 웃었다.

"우와, 완성품이라고?"

"보면 알 거야."

내가 같이 가자고 하자, 효은이는 길게 한숨을 쉬었다. 마치 긴장이라도 하고 있던 것처럼.

효은이가 카페에 처음 온 것은 바로 그 주 토요일이었다. 집에 들렀다가 버스 정류장에서 다시 만났다. 사복을 입은 효은이는 또 달랐다. 어떤 아이들은 사복을 입으면 어딘가 어색하고 추레해 보이는데, 효은이는 전혀 그렇지 않았다. 나원이에게 제대로 설명한 것 같다고 생각했다.

"퍼즐도 있네."

효은이는 혼잣말처럼 중얼거리더니 뒤섞여 있는 퍼즐 조각을 유심히 들여다보았다. 그림이 그려진 상자에도 몇 번 눈길을 주더니, 한 조각을 집어 딱 맞는 자리에 끼웠다.

"우와."

나는 얼떨결에 감탄사를 뱉었다.

"어떻게 한 거야?"

효은이는 미소를 지었다. 그 미소는, 효은이란 아이가 늘 그렇듯 자신만만한 것이 아니라 조금 수줍은 것이었다. 조심스러운 것. 효은이답지 않지만 바로 효은이 그 자체인 것. 딱 맞아 들어간 그 퍼즐 조각처럼 효은이는 자기 자리를 찾듯이 클럽으로 들어 왔다.

나는 효은이에게 창고 안의 책들도 보여 주었다. 무슨 절차라도 밟듯이. 약간 우스운가 싶었지만 효은이는 예의 바르게 고개를 끄덕거렸다.

"나 왔어."

나원이가 가리개 위로 얼굴을 내밀고 누구에게랄 것 없이 말했다.

"오데뜨가 나오래, 과자 구웠다고."

효은이는 약간 긴장한 듯한 얼굴을 하고 걸어갔다. 오데뜨는 과자 접시가 놓인 탁자에 앉아 우리를 기다리고 있었고, 막 도착한 것 같은 제영군이 유리컵을 나르고 있었다.

나원이는 효은이에게 이름을 묻지 않았고, 효은이도 마찬가지였다. 효은이의 이름을 묻지 않은 것은 오데뜨도 마찬가지여서 이미 서로를 알고 있는 사람들인 것 같았다. 오데뜨는 분명히 효은이를 마음에 들어 했다. 역시. 제영군은 어땠을까 궁금했지만 표정을 읽을 수 없었다.

효은이는 잠깐 동안 말이 없더니 곧 내가 알고 있는 신효은의 그 모습으로 돌아와서, 나와 나원이는 물을 생각도 하지 못한 두 가지 질문을 했다.

오데뜨에게. "결혼하셨어요?"

제영군에게. "학생이에요?"

대답은 둘 다 아니요. 그랬구나. 효은이는 다시 물었다. 질문을 함으로써 관계를 만들어 가는 것이 효은이의 방식. 자연스럽게, 그런 질문을 하는 것이 당연한 것처럼. 솔직하게 대답하는 게 당연해진다.

"남자 친구 있으세요?"

"그럼 뭐 해요?"

대답은 둘 다 우물쭈물.

오데뜨. "뭐…… 그렇다고 할 수 있나?"

제영군. "그냥…… 알바하고……"

그러더니 두 사람은 서로의 대답을 고쳤다.

"누나 남자 친구, 있잖아요. 여기 이름도 지었고."

'잃어버린 시간을 찾아서'를 카페 이름으로 고른 사람? 오데뜨는 당황해하는 듯하다가 복수하듯 말했다.

"넌 춤추잖니, 대회도 자주 나가면서."

춤을 춘다고? 오데뜨는 제영군에게로 과녁을 돌리면서 자기는 피해 갔고 그럴 요령이 없는 제영군은 얼굴을 붉히면서도 꼬박꼬박 대답했다.

제영군은 비보이(B-Boy). 스트리트 댄서라고 했다. 저렇게 조그맣고 마른 사람이? 잘 상상이 되지 않았다.

"한번 춰 봐, 얘."

"누나!"

빨개진 얼굴. 오데뜨는 아랑곳하지 않고 웃으며 말을 이었다.

"잘 춘다며. 상도 받았다고 자랑하더니."

"우와!"

우리가 박수를 치자 제영군은 어쩔 줄 몰라 하며 더듬거렸다.

"다음에, 대회 나가면, 그때 부를게요. 와서 봐요."

그 날, 효은이가 처음 카페에 온 날은 작은 잔칫날 같았다.

모두 들떴고, 새로운 사실들에 여러 번 놀라고 많이 웃었다. 그것도 효은이다운 일이었을까? 효은이는 오래 전부터 카페 단골인 것처럼 보였다.

저녁이 되어 카페를 나와 골목길을 걸어 내려오면서 효은이가 나에게 말했다.

"여기 오니까 좀 알겠다."

"뭘?"

"너에 대해서. 네가 음, 달라 보인 이유."

"뭐야, 그게."

효은이는 대답하지 않았지만 나는 알아들었다. 그 곳에서 이 곳을 보면 달라 보였을까. 그럼 이제 테두리 밖으로 나와 이 곳에 온 효은이는 행복해질까?

옆에서 묵묵히 걷던 나원이가 말했다.

"그 카페 이름을 지은 사람이 오데뜨 남자 친구라면 말이야. 그럼 그 사람은 스완이겠네, 그렇지?"

"어, 정말! 물어 볼 걸 그랬다."

그럼 그 책들은 스완의 것일까? 나는 창고의 책들을 떠올렸다.

하지만 두 번 다시 그 미지의 스완에 대해 오데뜨에게 물어보지 못했다. 오데뜨는 늘 말을 돌렸다. 그 이야기가 금기라는 것을 나도 나원이도 아마 효은이도, 곧 이해했다. 스완은 카페 '잃어버린 시간을 찾아서' 밖의 사람이었다. 책에서야 주인공이지만 어쨌든, 그 곳에서는 그랬다.

7

더하기 하나

효은이가 왔을 때 나원이와 나는 옛날 양장본 책 중간을 넘어 있었고 그건 새로 나온 책으로는 두 번째 권의 앞부분이었는데, 효은이는 새 책을 사서 놀랄 만한 집중력으로 금방 우리 둘을 따라잡았다.

책의 오데뜨가 등장했고, 스완과 줄다리기를 하기 시작했다. 우리는 약간은 비웃으며, 이해하지 못하며 두 사람이 밀고 당기는 것을 읽었다.

"도대체 왜 이러느냐고."

"오데뜨의 정체는 뭐야?"

"스완은 귀엽다, 그래도. 질투심에 불타는 게."

"뭐가 귀여워. 쩨쩨하지."

"왜, 쩨쩨한 사람 싫어?"

"그럼 넌 좋아?"

"나는 대범하다면서, 제멋대로 하는 사람보다는 차라리 이렇게 소심한 사람이 더 좋아."

효은이가 말하자 나원이가 대꾸했다.

"그러는 너는 소심한 쪽보다는 대범한 쪽에 가까운 것 같은데."

"아니야, 내가 얼마나 소심한데."

"말도 안 되는 거 알지?"

나는 고개를 젓고, 효은이는 웃었다.

효은이가 새로 들어왔어도 프루스트 클럽은 변하지 않은 것 같았다. 더 풍요로워지기는 했다. 더 많은 이야기들, 의미들. 우리는 아주 사소한 것에서도 많은 이야기를 끄집어 낼 수 있었다. 책의 모든 문장이 깊은 의미를 감추고 있고 우리는 그 안에서 보물찾기를 하는 것 같았다. 어쩌면 『잃어버린 시간을 찾아서』가 아니어도, 그 어떤 책이어도 상관없었을지 모른다. 우리는 준비가 되어 있었다. 해석할 준비, 의미를 부여할 준비, 경탄할 준비.

책에서 시작한 이야기는 몇 다리를 건너, 징검돌을 넘고 넘어 멀리 나아갔다. 아니, 바로 우리 자신들에게로 가까워졌다.

오데뜨의 집을 묘사한 부분을 짚어 이야기할 때였다. 나원이는 그 집이 어떻게 생긴 것인지 모르겠다며 책에 나온 묘사대로 집의 구조부터 병풍까지 일일이 종이에 그렸다.

"어떤 집인지 감이 와?"

"그걸 보고서는 도저히."

효은이는 고개를 저었다. 나원이도 자기가 그려 놓은 것을 보고 한숨을 쉬었다.

"그냥 느낌이 있는데. 뭐랄까, 신비로운 척하려는 것. 동양의 신비."

내가 말했다.

"신비로운 것도 아니고 척, 이라니. 오데뜨에게 미안하지도 않아?"

나원이가 농담으로 받았다.

"그리고 이런 집에선 향 냄새 같은 게 날 것 같아."

"으, 싫다."

효은이가 고개를 저었다.

"사람들은 자기 집에서 어떤 냄새가 나는지 의식하지 못한대."

나원이가 말했다.

"나쁜 냄새가 나더라도, 그걸 모른다는 거야?"

내가 물었다.

"그렇지. 익숙해져 버렸으니까. 냄새만이 아니라 분위기 같은 것도, 밝고 어두운 것도, 자기 집이 어떤지는 의식하지 못한대."

"정말 그럴 거 같아."

효은이가 중얼거렸다.

나원이는 말을 이었다.

"예전에 어떤 집에 가 본 일이 있는데, 끔찍했어. 크고 좋은 집이었는데, 그 안이…… 온통 어질러져 있고, 지저분하고. 아니, 더럽지는 않은데 무질서한 거 있잖아. 비싸고 좋은 물건들이 아무렇게나 흩어져 있고. 뭐랄까, 기분이 안 좋았어. 그런데 그 집에 사는 사람들은 그런 게 이상하다고 생각하지도 않는 거야. 하긴 그 사람들도 꼭 그랬거든. 멀쩡하긴 했는데 어딘가 부족하고 빠져 있는 것 같은 느낌. 그래, 그 집은 말이야, 절망이 덕지덕지 묻어 있는 것 같았어. 건드리기만 해도 비명이 터져 나올 것 같았구."

나원이가 말을 끝내자 효은이가 작은 목소리로 말했다.

"알아. 그런 집."

나원이와 나는 약속이라도 한 듯 효은이가 말을 계속하기를 기다렸다.

“우리 집은 말이야, 진짜로 깨끗해. 근데, 나는 집이 너무 더러운 것 같아. 그렇게 생각하고 있으면 결벽증에 걸리는 것 같아서 무섭지만.”

효은이는 더 말을 할 것도 같았지만 입을 다물었다. 그제야 나는 왜 효은이가 나에게 왔는지, 클럽을 찾았는지 알 것 같았다. 부족한 것 없어 보이는 효은이에게도 채울 수 없는 허기가 있어 어떻게든 그것을 채울 길을 찾아야 했다. 꽉 막힌 좁은 방에서 빠져 나갈 틈이 필요했다. 테두리 밖으로 나와 보아야 했다. 효은이가 정말 원하는 것을 프루스트 클럽에서 찾을 수 있을지 알 수 없었지만.

효은이는 나에게 그랬듯이 특유의 호기심을 가지고 나원이에게 많은 것을 물어 보았다. 나도 몰랐던 것들이었다. 나원이는 점점 지구의 아이가 되어 갔다. 나도 이름을 아는 동네에 살고 있는, 지구인 이나원.

효은이의 첫 번째 초점은 역시 가족이었다. 나원이는 편안한 태도로 솔직하게 대답했다.

“우리 집엔 돈이 없어, 빚만 있지. 그런 거 있잖아, 제주도에 없는 것 세 가지, 대문, 도둑, 또 뭐 있지. 그런 식으로 말하면, 우리 집에 없는 거 세 가지는 돈, 친척, 생일.”

"친척이 없어?"

효은이가 물었다.

"아버지는 천애 고아. 그쪽은 아예 처음부터 없었고, 어머니 쪽으로는 외할머니도 있고 외삼촌 이모들도 있긴 하다는데, 연락을 안 해."

"왜?"

"좋게 말하면 로맨틱하고 나쁘게 말하면 철이 없었던 건데, 어머니가 아직 대학생이었을 때, 고등학교도 제대로 못 나온 아버지를 만나서 결혼을 하겠다고 나섰던 거야. 당연히 반대하지. 나 같아도 그랬겠다. 근데 어머니도 참 대단한 게, 집을 나와 버린 거야. 그 길로 집에선 없는 자식이 되고. 어차피 호적도 파 갔을 테니까."

"무슨 드라마 같다, 정말."

"그리하여 가진 건 사랑밖에 없는 두 사람은 열심히 살아 보려 했다는 건데, 뭐 기반이 있어야 쌓든지 하지. 엄청 고생하셨대. 말로 하면 쉬운데 사는 건 쉽지 않았겠지. 생일 같은 거 챙길 여유는 없어. 설날에 떡국 먹으면서 한 살 더 먹은 거 축하하면 그게 생일 축하."

나원이는 내내 웃으며 남 이야기하듯 말했지만 나는 별로 편한 기분이 아니었다. 나원이가 그렇게 웃으며 말하는 것이 마음에 걸렸다. 신경 쓰였다. 나라면 저렇게 이야기하지는 못했을 것이다. 아니, 아예 말을 꺼내지 않았을 것이다. 알 수 없어졌다. 내가 아는 나원이가 정말 나원이인 것일까? 나는 나원이를 알고 있던 게 아니었던 걸까.

나원이가 하고 있는 아르바이트들에 대해서 구체적으로 알게 된 것도 효은이가 물어 봤기 때문이었다. 나는 나원이에게 무슨 아르바이트를 하냐고 물어 본 적이 없었다.

"나원이 아르바이트는 뭘 하는데?"

나원이가 오늘은 알바 안 해, 늦게까지 있을 수 있다고 기분 좋게 말하면서 화장실에 간다고 가리개 밖으로 나갔을 때 효은이가 내게 물었다.

"몰라."

"몰라?"

효은이가 되묻는 게 나를 탓하기라도 하는 것처럼 들렸다. 모를 수도 있다, 아무리 가깝다 해도. 나는 효은이와 다르다. 효은이가 궁금해하는 것들을 궁금해하지 않는다. 그런데 왜 마음이 비틀린 듯한 기분이 들었을까. 나는 말없이 퍼즐 한 조각을 집었다. 어디에 놓여져야 할지 알 수 없다. 손 안의, 길 잃은 퍼즐. 힘을 더 주면 구겨질지도 모른다. 왜 이런 기분이 드는 거지. 그런 건 몰라도 상관없는데. 곧 돌아온 나원이가 질문에 답했다.

"지금은, 평일에는 사진관, 주말에는 첼로 학원."

"첼로?"

효은이와 내가 동시에 물었다.

"거기서 뭘 하는데?"

"사진관에서는 사진 뽑고, 그런 거…… 요새는 다 기계로 하잖아. 좀만 익숙해지면 되거든. 재밌어, 별별 사진이 다 있어서. 진짜 심령 사진 같은 것도 있다. 학원에서는, 애들 가르치고."

"애들을 가르친단 말이야? 첼로를?"

기분이 가라앉았던 것도 잊고 내가 물었다. 알바라면 패스트푸드 점이 연상되는 적당한 상상력에 한 방 먹은 기분이었다.

"내가 옛날부터 배웠던 데야. 어떻게 인연이 되어서, 그냥 가서 했어. 돈 안 내고. 미안하니까 되게 어릴 땐데도 내가 처음 온 애들은 이것저것 가르쳐 줬어. 처음에 활 잡는 법, 악보 보는 법, 운지법 같은 것. 그러다 보니 뭐랄까, 노하우가 생겨서, 이제는 돈을 받고 가르칠 수준이 되었지."

나원이는 웃으며 말했다.

"첼로는 언제부터 했는데?"

"이제 한…… 구 년 되는구나."

"구 년이나?"

"별로 긴 것 같지 않은데? 아아. 내가 천재가 되려면 네 살, 다섯 살, 이때부터 했어야 했어. 너희는, 악기 하는 거 뭐 있어?"

효은이는 피아노를 어느 정도 친다고 했다. 나는 악기와는 전혀 인연이 없어서 엄마가 억지로 보냈던 피아노 학원을 두 달 만에 그만둔 뒤론 학교에서 하는 리코더와 멜로디언 말고 악기란 건 다뤄 본 적도 없었다.

"난 음치야, 음악은 완전히 다른 세계 얘기야, 나한텐."

"음치란 건 없어. 음을 듣는 건…… 색을 보는 거랑 똑같아서, 그림을 보면 그걸 알든 모르든 일단 색이 보이잖아. 음악도 그래. 들으면 일단 들리고, 그러면 자기가 만들어 낼 수도 있는 거야."

내가 그래도 난 안 돼, 그렇게 따지면 나는 색맹 같은 거야, 라며 고개를 젓자 나원이는 잠깐 생각을 하더니 음에 대해 이야기하기 시작했다.

"소리 말이야, 파장이잖아. 공기가 흔들리는 거. 악기를 연주하는 건, 공기를 흔들고…… 그 흔들림이 귀에 전달되도록 하는 거지. 나는 현과 활을 가지고 그 흔들림을 조절해서 쏘아

내는 거야. 가끔은 강하게, 빠르게 잇달아서, 가끔은 긴 침묵 끝에. 눈을 감고 연주할 때가 많은데, 그럴 땐 소리가 보이는 것 같아."

효은이와 나는 조용히 나원이가 말로 그려 내는 소리를 보았다.

"어둠 속에, 물이 있는데, 검어. 근데 작은 돌멩이 같은 게 하나 떨어지면, 빛나는 형광빛 같은 동그라미가 퍼져 나가지. 동그라미들이 겹치고…… 흩어지고…… 강해지기도 하고…… 어둠 속에서. 그런 게, 내가 연주하는 음악이야."

나는 한참을 뭐라고 말할 수가 없었다. 나원이가 알고 있는 것, 보고 있는 그것이 내게는 너무나 낯설고, 또 황홀하게 느껴졌다. 거의 엄숙하게 느껴졌다.

"계속할 거야? 음악 쪽으로 나가게?"

효은이가 물었다.

"모르겠어. 그건 몰라. 첼로도 좋고 음악도 좋은데 그냥 좋을 뿐이지 나를 던져서 해 봐야겠다는 생각은 안 들어. 그게 진짜 내 길일까 싶고."

"길을 찾는다고."

"아마 앞으로도 몇 년은 그렇지 않을까. 난 모든 걸 알고 싶거든. 음악, 이라고 한다면 악보를 읽을 수 있고 화음을 알아들을 수 있고, 악기를 연주할 수 있는 것. 그림 같은 것도 그래. 저 색깔은 어떻게 만들어진 건지, 저 표현의 의미는 뭔지 다 알고 싶어. 이 음식은 어떻게 만드는 건지, 저 의자는 또 어떻게 만드는 건지……"

나원이는 나무 의자를 가리켰다.

"아, 생각만 해도 피곤해. 그걸 어떻게 다 알아?"

효은이는 고개를 저었다. 나원이는 고집스럽게 말했다.

"나는 알고 싶어. 아무것도 모른 채로 남이 해주는 것을 받아먹으며 살고 싶지는 않아. 누군가 해주지 않으면 얻을 수 없는 게 있다는 건, 그만큼 자유롭지 못하다는 거잖아. 사실 사는 건 쉽지. 돈만 있으면 다 되니까. 그런 게 싫어. 그렇게 돈으로 사고파는 일방적인 관계에 매이고 싶지 않아."

"넌 로빈슨 크루소처럼 살아야겠다. 무인도에서, 자유인."

효은이가 말하자 나원이는 웃더니 금방 진지해졌다.

"정말 그래야 할까 봐."

나원이가 연주하는 첼로를 들을 기회는 의외로 빨리 왔다. 나원이가 첼로를 가지고 온 것이다. 추석날, 카페 문을 닫고 우리끼리만 모인 날이었다.

추석 전 일요일에 카페에 모였을 때, 오데뜨가 물었다.

"추석엔 어디들 가?"

"아유."

효은이는 한숨부터 쉬었다.

"우리 집이 큰집이라서 다 우리 집에 모여요. 아주 미쳐요. 꼬맹이들은 놀아 달라고 난리지. 중간고사 핑계 대고 학교나 갈까 봐."

"나도 그럴 참이야. 도서관에 가든지. 근데 일단 큰집엔 들러야 하고."

"나는 뭐, 별 다른 거 없는데. 별로 특별한 날도 아니야, 추석."

친척이 없는 나원이에겐 추석도 없는 것이나 마찬가지였다. 나원이는 알바를 쉬니까 좋긴 좋아 하고 말했다. 어쩐지 맘에 걸 렸다.

"그럼 우리 여기서 모일래? 같이 달 보고 소원을 빈다든지……"

내가 말했다.

"아, 좋아. 오데뜨, 추석에 문 닫을 거예요? 어디 가요?"

효은이가 좋아하면서 오데뜨에게 물었다.

"글쎄…… 손님도 없을 테고 그냥 쉴까 싶었는데, 그럼 추석날 저녁에 모일까? 집에 남은 추석 음식 가져오기. 없으면 몸만 오고.”

오데뜨가 대답했다. 오데뜨는 가족들하고 같이 안 있어도 돼요? 물어 보려다, 말을 삼켰다. 오데뜨에게는 오데뜨만의 사정이 있다. 나원이에게 묻지 않은 것처럼 나는 오데뜨에게도 묻지 못 했다.

나는 큰집에 갔다가 중간고사 공부를 해야 한다고 말하고 나왔다. 역시 공부 얘기를 하니 아무도 붙잡지 않았다. 엄마는 송편과 전을 잔뜩 싸 주었다. 누구랑 같이 하니? 효은이. 엄마에게 효은이 얘기는 한 적이 있다. 우리 반 부반장. 공부도 잘해. 세상의 모든 부모님이 반할 만한 친구야. 엄마는 안심해 버렸다. 내가 가면 친척들에게 그렇게 이야기를 하겠지. 이제 윤오는 정말 좋아졌어요. 새 학교에서 좋은 친구도 많이 사귀고요, 잘 지내나 봐요. 네, 밝아졌어요.

틀린 말은 아니다. 나는 확실히 집에서도 말이 많아졌다. 웃을 때가 많다. 학교 친구라곤 별로 정상적인 관계는 아닌 효은이뿐이지만 봄에 그랬던 것처럼 구석에 숨어 있지는 않는다. 하지만 엄마가 아는 것은 딱 거기까지다. 그 정도밖에 몰라도 다 아는 것처럼 이야기할 수 있다. 나도 그게 더 편하다.

카페에 갔더니 나원이와 효은이, 오데뜨가 와 있었다. 제영군은 없었다. 효은이와 내가 싸 온 추석 음식과 오데뜨가 깎은

감과 배를 먹으면서 시시한 얘기를 떠든다.

"달을 보면서 어떤 소원을 빌 건데?"

"소원은 왜 빌어?"

"뭐? 소원을 빌면 이뤄 주는 거잖아."

"누가? 달이?"

"아니, 계수나무 토끼가."

"월계수가 계수나무야?"

"무슨 헛소리야, 월계수는 올리브 나무고 계수나무는……"

"그게 다른 건가?"

"계수나무의 계가 여이야, 아이야?"

"여이. 너 초등학교도 안 나왔지."

"그런 게 헷갈려. 기초 지식이 딸려서 말이야."

"소원을 빈다면서. 성의가 없잖아, 성의가."

"일단 그냥 빌어 봐. 이뤄질지도 모르잖아."

"소원을 뭘 빌까 고르면서, 결심을 다지라는 소리야. 소원을 이루기 위한 마인드 컨트롤이랄까."

"오오. 제일 그럴 듯하다."

아무렇게나 말하고, 웃고. 편하게.

"그럼, 해 봐야지?"

오데뜨가 나원이를 보았다.

"뭘요?"

효은이가 물었다.

나원이는 대답하지 않고 웃으며 자리에서 일어나더니, 카페의 나무 무대로 갔다. 무대 앰프 뒤에 놓여진 것은 커다란 케이스. 첼로.

"첼로다! 가져온 거야? 이야!"

효은이가 박수를 쳤다. 나원이는 첼로를 꺼내더니, 신중한 태도로 무대 위에 의자를 놓고 첼로를 안고 앉았다. 우리는 무대 앞쪽으로 자리를 옮겼다.

"그럼, 뭐. 해 보겠습니다만."

나원이는 장난스럽게 고개를 숙였다. 우리는 박수를 쳤다. 나원이가 활 든 팔을 위로 끌어올렸다. 순간, 나원이의 시선이 멀어졌다. 여기가 아닌 다른 곳을 보는 눈. 가슴이 덜컹했다. 순식간에 옮겨 갔어. 여기에 있는데 여기에 있지 않는 것. 시작. 소리.

나는 소리를 보았다. 나원이가 본 것과 같은지는 모르겠지만, 내게도 소리가 보였다. 소리는 머물렀다가 사라졌다. 저렇게 확고한 것, 손에 잡힐 듯한 것이 소리일 줄이야, 소리가 보이는 것이고 잡을 수 있는 것일 줄이야. 그런데 사라진다. 있지도 않았던 것처럼. 가슴이 조였다. 흔들렸다. 내 안 깊은 곳에 있는 무엇인가가 떨렸다.

한 곡이 끝나고, 곧바로 다음 곡은 나도 들어 본 적이 있는 친숙한 음. 효은이가 조용히 멜로디를 따라 흥얼거렸다. 가볍게, 맑게. 나원이가 효은이를 보고 고개를 끄덕였다. 효은이는 숨을 들이마시더니, 좀 더 크게 노래하기 시작했다. 두 사람의 음이 이어지고 섞이고, 흘렀다. 아름다웠다. 이 순간이 지나면 사라질, 딱 이 순간을 위한 것. 나는 순간에 잡혀, 이렇게 온전하게 짜여진 시간도 있을 수 있다는 것에 놀라, 반해, 숨을 멈추고 그 음을 들었다.

효은이의 노래를 들으며 나원이를 떠올렸던 것은 이 때문이었을까. 나도 덧붙일 수 있다면 좋을 텐데. 무엇으로든 얹을 수 있다면, 저 아이들과 나란히 소리를 만들 수 있다면.

그리고 곧, 괴로워졌다. 나는 아무것도 아니다. 내 얼굴은 밋밋하여 아무런 특징도 없다. 나는 빚다 만 반죽. 새기다 만 조각. 지운 흔적만 남은 스케치. 숨기고, 감추고, 잊으려 하는 무엇. 벽 안에 갇혀, 벽 그늘에 가려져 숨죽이고 있는 아이.

8

제영군의 시합

중간고사를 제대로 망쳤다. 공부를 안 하기는 안 했다. 집중해 본 적이 손에 꼽았다. 하지만 이렇게 망칠 줄이야. 엄마는 뭐라고 할까…… 아빠에겐 또 뭐라고 하나. 나는 시험을 망쳤다는 그 자체보다, 내가 공부를 안 했다는 사실보다, 엄마 아빠 때문에 머리가 아팠다.

"난 엄마 아빠를 위해 공부하는 애 같아."

"너만 그런 게 아니라 다들 그럴걸."

나원이가 말했다.

"내가 잘 살려고 공부하는 건데 왜 엄마 아빠 때문에 공부하는 것처럼 돼? 너도 그래?"

내가 효은이에게 묻자 효은이는 자신만만하게 대답했다.

"난 안 그래."

"물어 본 내가 잘못이지."

효은이는 공부하지 않았을 경우의 온갖 귀찮음 때문에 공부를 한단다. 어쨌든 그거라도 나았다. 나처럼 부모님 생각만 하면서 어쩔 줄 몰라 하는 것보다는.

"저기, 저기요."

제영군이 우리 탁자로 왔다. 머뭇거리면서, 아주 어려워하면서 말을 했다.

"네?"

효은이가 통 튀는 높은 소리로 묻자 제영군은 움찔했다. 하얀 얼굴이 빨개지려 했다.

"저기……"

"말씀하세요."

나원이가 말했다.

"기억할지 모르겠는데…… 그때 잠깐 얘기를 했었는데…… 저 시합 있거든요."

제영군은 주저주저하면서 말했다.

"우와! 언제요? 꼭 갈래요!"

제영군은 헛기침을 몇 번 하고, 뭐라고 말을 하려다가 못 하더니, 오데뜨를 불렀다.

"누나, 누나 장소 알잖아요. 말 좀 해주세요."

"네가 직접 해. 난 몰라."

그래도 제영군은 고집스럽게 오데뜨를 끌어다가 우리 옆에 앉혀 놓았다. 그제야 오데뜨는 못이기는 척 다음 주 목요일에 있다는 비보이들의 대회에 대해 이야기했다. 잰 지가 얘기하지, 왜 날 시켜, 불평하는 듯 제영군을 흘겨보면서. 제영군은 큰 짐을 덜어 놓은 것처럼 홀가분한 얼굴이 되어 주방으로 들어갔다.

"그럼, 다들 갈 거지?"

오데뜨가 물었다.

"물론이죠!"

잠깐, 시험에 대해서는 잊었다. 고 일 중간고사에 목매달기엔 세상은 너무나 넓었다.

목요일. 나와 효은이는 야자를 빠질 구실이 필요했다. 효은이는 육 교시가 끝나고 담임에게서 조퇴증을 받아 왔다. 여전히 우리는 교실에서는 이야기를 하지 않았고, 효은이는 내 옆을 걸어가다 조퇴증을 떨어뜨리고는 다시 집었다. 007이냐, 속으로 웃었다. 하지만 기분은 별로였다. 조금씩 땅 속으로 가라앉는 기분이었다. 조퇴증을 받는 것. 지뢰밭 같은 교무실에 내려가서 담임을 만나고 왜 야자를 안 하려 하는지 거짓말을 꾸며 대면서 진땀을 흘리기. 효은이는 가뿐히 받아 냈겠지만.

나는 칠 교시가 끝난 다음에, 보충 수업 전에 교무실에 갔다. 담임이 없어서 기다렸다. 뭐라고 할까. 안 끊어 주면 어떡하지. 그럼 그냥 가 버려야지. 수위 아저씨쯤이야 따돌릴 수 있겠지. 근데 그럼 낼 아침에 한 소리 들을 텐데. 머릿속이 복잡해졌다. 내가 가겠다는데, 왜 못 가게 막는 거야? 내가 왜 허락을 받고 학교를 떠나야 하는 거지? 세상이 아무리 넓다 한들 이렇게 좁은 곳에 갇혀 있다면.

왜, 김윤오. 무슨 일이야?

정신을 놓고 있어서 담임이 온 줄도 몰랐다. 딱 맞추어 종이 울렸다.

종 쳤다. 올라가야지. 왜 그러는데?

저기, 조퇴증……

말 하나도 제대로 못 하는 내 자신이 정말 바보스럽다. 이 모든 일이 짜증이 났다.

아, 그래? 어디 아픈가 보네.

담임은 슥슥 조퇴증을 써 주었다. 그러고 보니 전학 와서 야자를 빠진 건 오늘이 처음이었다. 그래서 담임도 까탈스럽게 굴지 않는 것 같았다.

어머니는 잘 계시지?

네? 네에.

얼른 올라가라, 늦겠다.

나는 조퇴증을 받아들고 중얼거리며 인사를 하고 교무실을 빠져 나왔다. 보충인 영어 선생이 앞에 걸어가는데, 앞서 가기도 귀찮았다. 담임이 왜 갑자기 엄마 얘기를 한 거지. 언제부터 잘 알았다고. 나한테도 아는 척하지 않는 주제에.

효은이는 학교 앞 지하철 역 안에서 나를 기다리고 있었다. 나는 청소여서 조금 늦었다. 야자만 빠지는 건데도 학교에서 도망쳐 나온 기분이었다. 해가 지지 않은 거리는 유리 조각이 널린 것처럼 불안했다.

지하철 역에 도착했을 때, 나는 효은이를 코앞에 두고도 알아보지 못했다. 효은이는 사복을 입고 챙이 넓은 모자를 푹 눌러쓰고 있었다.

"집에 갔다 왔어?"

"응? 옷 가져왔어. 화장실에서 갈아입었는데. 넌 그냥 왔어?"

이런 바보. 나도 옷을 가져올 걸. 후회해 봤자 이미 늦었다.

"어떨까? 진짜 기대되지 않니? 나 그런 데는 처음인데."

효은이는 신이 나 있었다. 나는 벌써부터 지친 기분이었다. 조퇴증에 교복. 쓸모없는 것들에 쏟아진 에너지.

대회는 어느 대학 학생회관 사층 낡은 연습실에서 열렸다. 헐렁한 옷을 입고 잘게 땋은 머리를 늘어뜨린 아이들, 코와 입술에 피어싱을 한 아이들이 계단에 앉아 있었다. 대학생들은 어리둥절한 얼굴을 하고 침입자들을 바라보았다.

연습실 안은 어둡고, 주황 조명이 몇 개 있었다. 음악 소리가 하도 커서 리듬이 가슴을 울렸다. 나원이와 오데뜨는 벌써 와 있었다. 가게 밖에서 오데뜨를 본 것은 처음이었다. 오데뜨가 가게의 일부라도 되는 것처럼, 오데뜨 주변은 카페 '잃어버린 시간을 찾아서'의 분위기였다.

제영군은 자기 친구들하고 있다가 와서 인사했다. 수줍은 모습이나 작은 목소리는 여전한데, 제영군은 카페에서와는 달랐다. 수수한 회색 티셔츠에 헐렁한 청바지에 털모자. 튀지 않는데도 평범하지 않다. 여기는 제영군의 세계. 나는 괜히 제영군과 눈을 마주칠 수가 없었다. 보지 않아도, 눈언저리에는 회색 티셔츠가 어른거렸다.

거기 있는 애들은 다들 겉모습과 느낌부터 달랐다. 화려하고 제멋대로였다. 산만한데도 묘한 안정감, 자신감 같은 것이 있었다. 교복을 입고 온 애는 거의 없었다. 옷을 가져와서 갈아입을 걸. 다시 한 번 후회했다. 효은이는 그 풍경 속에 스며들어 간 것 같았다. 오데뜨는 그 중에서 나이가 가장 많은 것 같았지만 전혀 어색하지 않았다. 나원이도 늘 그렇듯 느긋하고 여유 있었다. 나 혼자 뚝 떨어져 있는 것 같았다. 와서는 안 되는 곳에 온 것처럼. 멍하게 서 있는 내 팔을 효은이가 잡아끌었다.

"윤오야, 이쪽에 앉자."

나무 바닥에 녹색 테이프를 붙여 선을 긋고 안쪽이 무대, 바깥쪽이 관객들 자리였다. 우리는 테이프 바로 앞에 앉았다. 세 명이 한 팀이 되어 다른 팀들과 겨루는, 토너먼트 식으로 진행되는 시합이었다. 제영군은 친구 둘과 임시로 팀을 만들어서 나온다고 했다.

웃긴 농담을 연달아 뱉어 내는 사회자가 나오고, 디제이가 소개되고, 조명이 한곳으로 모이고. 곧 나는 자학하는 것도 잊었다. 지쳤던 것도 잊었다.

그 음악, 조명, 열기. 디제이가 만들어 내는 음악을 직접 들어 본 건 처음이었고 그렇게 가까이에서, 바로 코앞에서 춤을 본 것도 처음이었다. 발레나 뮤지컬을 보러 간 적은 있지만, 이건 달랐다. 이층 삼층 꼭대기 좌석에서 저 멀리 움직이는 사람들을 구경하는 것과는 차원이 틀렸다. 살아 있다, 살아 있다,

그 생기가 나에게까지 전해져 왔다. 보는 사람들도 앉아서 보고만 있지 않는다. 손뼉을 치고 환호성을 지르고 마구 웃어 댄다, 감탄한다.

어느 틈엔가 나도 그러고 있었다. 가만히 앉아 있을 수가 없었다. 목이 터져라 소리를 지르고 손이 아프도록 박수를 치고. 내 몸이, 내 몸이 아닌 것 같았다. 더 이상 위화감도 없었다. 나는 사회자의 농담에 따라 웃고 소리 지르고 아쉬워했다. 다른 모두와 함께. 거기엔 그런 일체감이 있었다. 전혀 다른 아이들을 하나로 묶어 놓는 것. 학교에서처럼 똑같은 옷을 입히고 종을 울려 불러 모으지 않아도 이렇게 즐거워하며 함께 반응할 수도 있었다. 달칵. 스위치가 눌러지는 소리가 났다. 나는 살아 있다.

예선을 거쳐 나온 팀들이라 모두 잘 추었다. 인간의 몸이 그토록 유연하고 강한 것인지 어떻게 지금까지 모를 수가 있었을까. 나와 그 사람들은 다른 종류의 인간인 것 같았다.

다 그렇게 잘하는데 눈길이 쏠리는 애는 따로 있었다. 똑같은 동작을 해도 달라 보이고 팔을 들었다가 내려놓기만 해도 느낌이 다른 사람. 제영군이 바로 그랬다. 그렇게 마르고 조그마한데도 힘이 마구 뿜어져 나오는 것 같았다. 제영군은 그 공간을 완전히 장악하고 있었다. 제영군이 움직일 때마다 커다란 환성이 터져 나왔다. 땀이 흘러 반짝이는 목, 강해 보이는 마른 팔. 빛이 튕기듯 반사되어 흩뿌려졌다. 음악 속에서 몸을 움직이는 제영군은 다른 사람이었다.

나는 춤추는 제영군에게서 눈을 뗄 수가 없었다. 누군가를 바라본다는 것이 그렇게 두근거리는 일일 줄은 몰랐다. 다른 사람들도 그랬을까? 그런 느낌이었을까? 궁금했다. 그때까지 제영군과 말을 한 적도 몇 번 없었지만, 제영군이 어떤 사람인지, 알 것 같았다. 춤추는 그 모습이 말해 주었다.

제영군네 팀은 결승에까지 갔다. 심사 위원들이 결정을 내리지 못해 몇 번이나 다시 춤을 추어야 했다. 계속되었으면 했다. 계속 그렇게 춤을 추는 것을 보고 있었으면, 이 음악이 끝나지 않았 으면.

대회가 끝나고 제영군은 우리에게 와서 잔뜩 축하를 받고 돌아갔다. 아깝게 이등이었다. 우리는 모두 심사 위원들 눈이 삐었다고 했고 제영군은 쑥스러워하며 고개를 저었다.

하도 열을 내고 보았던 터라 배가 고프고 목이 말랐다. 오데뜨가 아이스커피와 도너츠를 사 주었다.

"재밌었지? 볼 만 했어?"

오데뜨가 물었다.

"진짜 재밌었어요! 생각했던 것보다 훨씬."

"아아, 멋있더라."

나원이와 효은이가 박수를 치며 말했다.

"윤오는?"

오데뜨가 물었을 때, 나는 아무 대답도 하지 않았다. 말이 나오지 않았다. 근데, 그냥 웃음이 났다. 나는 제영군의 모습을 하나하나 되돌려 봤다. 제영군이 손을 들었을 때, 힘차게 몸을 돌렸을 때, 꺄악 터지던 비명하며…… 음악과 열기가 되살아났다.

"나도 하고 싶더라, 막."

나원이가 말했다.

"배워, 넌 다 하고 싶어 하잖아."

효은이가 대꾸했다. 나원이는 금방이라도 일어나 춤을 출 듯이 몸을 들썩거리며 말했다.

"그러게 말야. 진짜 해 볼까. 몸으로 뭔가를 하는 거. 인간은 다 그러고 살아야 하는 게 아닐까 싶더라고."

"그래."

나도 모르게 말했다. 오데뜨와 효은이, 나원이 모두 동시에 내 쪽으로 돌아보았다. 나는 머쓱해져서 커피를 한 모금 마셨다. 효은이와 나원이가 한 마디씩 했다.

"윤오마저 물들었군."

"우리 같이 하자!"

"됐어."

어색해져서 고개는 저었지만, 마음은 아니었다. 몸으로 사는 것. 머리로만 살지 않는 것. 그런 걸 나도 할 수 있다면. 나도 몸을 던져서 타오를 수 있다면. 그런 일체감 속에서 살 수 있다면. 내가 알지 못하는 또 다른 세계를 보았다. 역시 세상은 넓었다. 내가 갈 수 있는 세상이 아닐지도 몰랐지만 본 것만으로도 가슴이 떨렸다.

오데뜨와 나원이는 버스를 타고 가고 나와 효은이는 지하철을 탔다. 시간이 많이 늦었지만 들떠 있어 별로 늦었다는 생각이 들지 않았다. 효은이랑 허술한 이야기를 하면서 마냥 웃고 있다가 집 근처 역까지 오니까 그제야 걱정이 되기 시작했다. 열한 시가 넘어 있었다. 효은이는 자긴 상관없다며 걱정 없는 얼굴로 마을버스를 탔다.

걸어서 집에 도착한 시간이 열한 시 삼십 분이었다. 엄마는 잔뜩 화가 나 있었다. 너무 늦기는 했다. 야자를 끝내고 집에 오면 보통 열 시 반을 넘지 않았다. 뭘 하다 이렇게 늦었니? 효은이랑 애기 좀 하느라. 완전히 거짓말은 아니다. 거짓말은 하지 않는다. 이해 받을 수 없는 것을 이야기하지 않을 뿐이다.

어디서? 던킨에서. 이것도 거짓말은 아니다.

그럼 전화라도 해야지, 핸드폰도 없는 애가!

깜빡했어.

엄마는 나를 물끄러미 바라보다가 고개를 저으며 돌아섰다. 어쩌겠어, 그런 뜻일 것이다. 나도 얌전히 내 방에 처박혀 잠이나 자면 모두 없던 일로 될 것이다. 하지만 이번엔 그렇게 할 수 없었다. 거짓말도 아니고 진실도 아닌 말을 하는 나. 이도 아니고 저도 아닌 나. 갑자기, 초라해졌다. 저 바깥은 황금빛 열기를 띠고 생생하게 살아 있는데 나는 이 안에 갇혀 시들어 가고 있다. 재투성이 신데렐라. 호박도 생쥐도 없는. 조퇴증을 끊으러 갔을 때, 혼자 교복을 입고 있었을 때의 기분이 되살아났다.

엄마, 담임한테 뭐 줬어?

목소리가 거칠게 튀어나왔다.

무슨 소리야, 얘가.

그럼 전화 통화 같은 거 한 적 있어? 전학 수속할 때 말고, 애기한 적 있냐구.

아니, 별로 없어.

근데 왜 담임이 엄마한테 친한 척을 하는데!

얘가. 선생님한테 무슨 말버릇이야. 그래, 방학 때 가서 뵌 적 있어. 당직하실 때. 근데 그게 왜.

왜 쓸데없는 짓을 하냐고!

뭐가 쓸데없는 짓이야, 너 잘 지내는지, 그런 게 궁금하고 걱정되니까 그런 거지.

알아서 잘 한다니까!

넌 집에 오면 학교 얘기 절대 안 하잖니.

언제 물어나 봤어!

지금도 너 제대로 얘기 안 하고 있잖아!

뭘 안 해, 다 했잖아!

오빠가 끼어들었다. 그럴 수도 있지, 그만 됐어요, 엄마. 엄마는 더 뭐라고 할 듯하다 피곤하다며 안방으로 들어갔다. 오빠는 눈살을 찌푸리고 나를 보았다. 담배 냄새. 아니야! 나는 버럭 소리를 지르고 방으로 들어왔다.

아니야. 이런 게 아니야. 머리가 터져 버릴 것 같았다. 아무리 세상이 넓다 해도 내가 갈 수 있는 곳은 없어. 여기뿐이야.

제발, 제발, 제대로 숨을 쉴 수 있게 해줘. 마음이 조금만 더 편해지게.

제영군의 춤추는 모습을 떠올렸다. 그렇게 자유롭게, 넘치는 힘을 가지고, 강해질 수 있게 해줘…… 제발.

9

아주 작은 균열

엄마는 아무 일도 없었던 것처럼 행동했다. 나도 그랬다. 중간에서 오빠는 어색한 분위기를 풀려고 허탈한 농담을 늘어놓았지만 엄마도 나도 반응을 보이지 않았다. 오빠는 제풀에 지쳐 그만두었다. 금요일 밤에는 집에 들어가자마자 대충 씻고 방에 들어가 버렸다. 엄마랑 눈도 마주치지 않았다. 내가 잘한 것은 없지만 그렇다고 잘못한 건, 엄마한테 소리 지른 것밖에 없다. 그럼 엄마는 뭘 잘못했을까. 평소보다 늦게 들어온 딸 걱정하는 게 잘못이던가. 그런 건 아니지만, 그래도. 난 이불을 푹 뒤집어썼다. 그렇게 따지기 시작하면 잘못하는 사람은 없다. 나쁜 사람도 없다. 모든 게 허무해질 뿐이다.

오늘은 일찍 오니?

도서관 갈 거야.

토요일 아침, 엄마는 지나가는 말처럼 물었고 나는 혹시나 싶어 뾰족하게 날을 세웠다.

이따 저녁때는 집에 와. 같이 밥 먹은 지도 오래 된 거 같네.

잘 모르겠어.

나는 냉담하게 중얼거리고 식탁에서 일어났다. 엄마가 화해하고 싶어 한다는 건 알았지만 나는 준비가 안 되었다. 가족. 집. 나를 흔들리게 하는 것. 화를 내게 하는 것…… 하지만 버릴 수도 없고 그래도 안 되는 것. 내가 열일곱 살만 아니었다면, 혼자 살 수도 있었을 텐데. 하지만 내가 열일곱 살이 아니었다면 이렇게 부딪치지도 않았을 것이다. 모든 게 모순 같았다.

나원이와 효은이는 없었다. 오데뜨도 없었다. 제영군 혼자 탁자에 앉아 잡지를 열심히 읽고 있었다. 따랑, 문에 달린 종이 울렸는데도 제영군은 고개를 들지 않았다. 나는 소리가 나지 않도록 조심스럽게 문을 닫고 문에 기대어 내가 온 줄도 모르는 제영군을 바라보았다.

이 사람이 엊그제 그 사람 맞는 걸까.

카페에서의 제영군은 너무 평범하고 연약해 보였다. 나는 그

날의 모습을 찾으려고 애썼지만 잘 알 수 없었다. 그런 건, 계속 가지고 있을 수는 없는 것일까? 그런 힘과 열기, 자유로움은.

따르릉. 전화가 울렸다. 제영군은 벌떡 일어나 계산대 뒤로 전화를 받으러 갔다. 여전히 내 쪽은 보지 않았다.

제영군의 목소리는 가늘다. 벽을 보고 있는 등. 마른 어깨의 선.

나는 몰래, 살금살금 카페 안으로 걸어 들어갔다. 나는 제영군에게 들키지 않고 꺾어진 공간, 가리개 안쪽까지 가는 데 성공했다. 휴우. 한숨이 나왔다. 왜 이러고 있지. 나는 탁자 위에 흩어진 퍼즐 조각을 만지작거렸다. 제영군은 여전히 통화 중.

나는 잠시 멍하니 서 있다가 창고 안으로 들어갔다. 불을 켜자 창고는 따스한 느낌으로 채워진다. 상자들. 책들. 나는 창고 문을 조금 열어 두었다. 제영군이 빛을 보고 다가와, 깜짝이야, 언제 왔어요, 하고 놀라는 모습을 보고 싶기도 했다.

접힌 상자를 방석 삼고 앉아 상자에 기대었다. 옆 상자에서 아무 책이나 집어 들었다. 살구빛 하드커버. 오에 겐자부로의 책이 나왔다. 나는 책 표지를 어루만졌다. 누군가의 손길이 닿았던 책. 처음 보는 책인데도 낯설지 않다. 책이 조금 낡아 있기 때문일 것이다. 읽혀진 적이 있는 책들은, 새 책과는 다르다. 마치 살아 있는 것 같다. 읽은 사람의 온기가 남아 있다면. 잃어버리지 않았다면. 계속 읽혀진다면.

깜빡 잠이 들었던 모양이었다.

"김윤오, 감기 든다."

아. 어디지? 뭐지?

"어…… 왔어?"

효은이였다. 창고 문 밖에 쪼그리고 앉아 나를 보고 있었다. 나는 무릎에 놓인 책을 폈다.

"아니. 책 좀 보려고."

"스완의 책이 그렇게 좋아?"

효은이가 말했다. 우리는 언젠가부터, 창고 책들을 스완의 책이라고 부르고 있었다. 오데뜨 앞에서는 이야기하지 않았지만.

"재밌어, 별 거 다 있어."

"그래?"

잠이 덜 깨어 책의 글자는 눈에 들어오지 않았지만, 나는 기계적으로 몇 장을 넘겼다.

"윤오야."

효은이가 나를 불렀다.

"응?"

"아니야. 책 봐."

효은이는 그렇게 말하고도 잠시 움직이지 않았다. 이해할 수 없는 표정이 스치고, 효은이는 자리에서 일어났다. 책을 놓고, 창고 밖으로 나갔어야 했을까. 왜 그러는데, 물었어야 했을까. 나는 그대로 창고에 남아 멍하니 책을 내려다보았다. 꿈을 꾸었던 것 같기도 했다. 뭔가 맞지 않는다는 느낌. 어긋나 있는 느낌. 넓은 세상도 꿈이었던 것처럼.

다음 토요일, 중간고사 시험 결과가 나왔다. 망친 줄은 알고 있었지만, 이렇게까지 확실하게 망쳤을 줄은 몰랐다. 어떻게 엄마한테 보여 주나 싶었다. 이럴 줄 알았다면 미리 잘해서 분위기를 좀 부드럽게 만들어 놓을 것을. 요즘 더 딱딱하게 군 게 후회가 되 었다.

"오늘은 곧장 가지 않을래?"

어떻게 성적표를 보여 줄 것인가를 생각하면서 신발장에서 실내화를 갈아 신고 있는데, 효은이가 옆에 와서 물었다. 효은이가 정말 나에게 말을 걸은 것인지 확인하려 주위를 둘러보았다. 아무도 없었다. 효은이가 이렇게 말을 건 일은 지금껏 없었다. 학교에서는 오직 도서관만이 우리가 마주 서는 공간이고 오직 어둠이 깔린 후만이 이야기를 나누는 시간인데.

"어…… 그래도 되기는 한데. 왜?"

"집에 들렀다 나오기 힘들 거 같아서."

"그러지, 뭐."

나는 효은이의 얼굴을 보지 않고 고개를 끄덕였다. 이번 중간고사에서 효은이는 반에서 이등이었고 전교 십등 안에 들었다. 역시 신효은, 너는 그렇지. 나는 다른 아이들이 생각하는 것처럼 효은이를 생각하느라 효은이의 표정을 읽지 못했다.

효은이가 기다리는 동안 나는 서툴게 구두를 신었다. 구두가 낡고 먼지 묻은 게 마음에 걸렸다. 몸을 일으키려는데 내 어깨 너머에서 누군가 효은이를 불렀다.

효은아!

효은이가 움찔했다. 나는 몸을 굽힌 채로, 뒤돌아보지 않았다. 같은 반, 효은이의 친구들. 아니, 우호적인 관계에 있는 아이들. 직접 이야기해 본 적은 없지만 목소리는 알고 있었다. 나는 효은이를 바라보지 않고 쭈그리고 앉아 구두를 만지작거렸다. 신는 척하면서, 눈을 떼지 않고, 세상에서 가장 중요한 일이라도 하고 있는 것처럼. 깨끗하게 닦인 효은이의 구두는 잠깐 머뭇거리는 듯하다가 따각따각 단정한 소리를 내며 내 옆을 지나갔다.

문이 반대쪽이면 좋았을 걸. 현관을 향해 몸을 돌리면서 생각했다. 문 옆에는 효은이가 있고, 다른 아이들이 있다. 나를 향한 불편한 시선. 그 애들은 나에게 인사하지 않는다. 나도 물론이다. 나는 비틀거리지 않으려고 조심하면서 걸었다. 현관을 빠져 나가자 날카롭게 새하얀 햇빛. 눈이 부시고.

나는 집으로 가는 버스 안에서 그 순간에 효은이가 받았을 질문들을 생각해 봤다. 너 재랑 친해? 효은이는 아니라고 하지는 않았을 것이다. 그냥 도서관 같은 열람실에 있어. 그럼 모두 납득하겠지. 왜 신효은이 김윤오와 함께 있었는지, 이야기를 했는지. 아아, 같은 열람실? 그럼 그렇지. 네가 왜 재랑.

카페가 있는 건물 입구 그늘에 효은이가 서 있었다. 교복을 입고 있었다. 학교에서 곧장 온 것이라면, 오래 기다렸을 것이다.

"너 화났어?"

효은이가 물었다.

나는 어깨를 으쓱해 보이고 효은이를 지나쳐 계단으로 갔다. 계단은 가파르다. 주의를 기울이지 않으면 넘어질 것이다.

"야! 김윤오! 난 너 생각해서 그런 거야!"

효은이의 목소리는 갈라져 날카로웠다.

"알아, 그런 거."

내 목소리는 차분하고, 거의 부드러웠다. 아무 일도 없었던 것처럼. 나는 뒤돌아 효은이를 올려다보았다. 어두운 효은이의 윤곽. 효은이의 얼굴은 어둡고 밖은 너무 밝았다.

"넌 걔네들이랑 있는 거 싫어하잖아, 여럿이 몰려다니는 것도 싫어하고. 내가 널 다른 애들한테 데리고 가면 싫어할 거잖아, 그런데……"

"맞아, 그래. 나 화 안 났어."

하지만 효은이는 내 말을 듣지 못했거나, 믿지 못하는 것 같았다.

"거리를 두고 있는 건 너잖아! 혼자서도 잘만 사는 건 너잖아!"

효은이의 얼굴이 일그러져 마구 떨렸다. 한 번도 흔들리지 않았던 효은이가 화를 낸다. 무너진다.

"네가 나에 대해 그렇게 잘 알아?"

나는 아무렇지도 않은 듯 물었다. 차라리 내가 화를 냈더라면, 기분 나쁘다 말하고 같이 소리 지르고 싸웠더라면, 그랬더라면 더 좋았을 텐데.

"들어가자."

아무 느낌이 없었다. 무감각. 막을 쓰는 것. 무엇도 나를 흔들 수 없다. 없어야 한다. 화가 나지도 않고 기분이 상하지도 않는다. 나는 흔들리지 않기로 마음먹었다. 거리를 두기로 작정했으니 효은이는 절대 닿을 수 없을 것이다. 효은이는 눈을 감고 숨을 몰아쉬었다. 숨도 떨렸다.

"나……"

"밥 안 먹었으면 뭐 좀 먹을래?"

효은이는 그런 나를 더 몰아세우지 않았다. 포기한 것처럼.

"……배고프다."

우리는 옆에 있는 분식집에 가서 라볶이와 참치 김밥을 먹었다. 잘 먹히질 않아 억지로 눌러야 목을 넘어갔다. 참치 김밥의 깻잎에서 매운 향이 나서, 나는 자꾸 재채기를 했다. 나는 효은이에게 아무것도 묻지 않았다.

그 날 효은이는 나원이와도 거의 싸울 뻔했다. 나원이가 운명에 대해서 이야기할 때였다.

"운명은 개인차 같은 거지. 유전적인 거라면 인정해. 뭐, 키가 크고 작은 거라든지, 눈이 파랗고 검은 거라든지, 아니면 국가와 민족 같은 테두리. 그래도 난 운명은 없는 거 같아. 뭐든 자기가 원하고, 노력하면 바꿀 수 있어."

"육체적인 것도?"

"그거야 돈만 있으면 되고……"

"하지만 돈도 타고나는 거잖아, 대부분은."

"그 대부분이 안 되면 되지."

"그래서, 결국은 자기 자신에게 달린 거라고? 좀 지나치게 낙천적인 거 같은데."

내가 말하자 나원이는 웃으며 말했다.

"그게 내 사는 힘이지."

"역시. 이나원이니까."

"난 그렇게 생각 안 해."

내 말을 밀어 내듯 효은이가 말했다. 심각했다. 평소와 달랐다.

"자기 자신이 바꿀 수 없는 것도 있어. 아무리 노력해도 되지 않는 것들이 있다고."

"그렇게 생각하니까 벗어나지 못하는 거야. 신경 쓰는 것만큼 영향을 받는 거야. 아예 생각을 안 하면 돼."

"내가 생각을 하든 말든 상관없이, 분명히 넘을 수 없는 벽도 있어. 마인드 컨트롤만 가지고서 소원을 이룰 수는 없어."

"누가 생각만 하랬어? 생각한 만큼 움직일 수 있잖아."

"생각조차 마음대로 할 수 없는 사람들은? 남들 보기에는 말도 안 돼도, 자기에겐 절실해서 그 생각을 벗어날 수 없어. 거미줄처럼 갇힌다구."

"어떤 게 그런 건데?"

나는 분위기를 누그러뜨리려고 물었다. 엄마 아빠가 싸우는 것을 보는 아이가 된 기분이었다. 효은이는 한 박자 멈추었다가 낮게 말했다.

"예를 들면, 남편에게 맞고 사는 걸 남들이 알게 되느니 죽는 게 낫다, 라거나."

순간, 효은이가 정말로 하고 싶은 이야기가 나왔다. 하지만 나도, 나원이도 그걸 재빨리 받아 이해하지 못했다. 효은이가 절실하게 내보인 카드를 우린 제대로 읽지 못했다. 너무 어렸거나, 너무 무심했거나.

"말도 안 돼."

나원이가 말했다.

"그럼 안 되지. 남 보기 부끄럽다고 평생 맞고 살 수는 없어."

"너라면 어떻게 할 건데?"

"나 같으면 아예 그런 사람이랑은 결혼 안 해. 아님 빨리 이혼해 버릴 거야. 그런 관계에 매이지는 않을 거야."

효은이는 계속 물었다.

"이혼할 수 없다면? 도망칠래? 신고할래? 그럼 그 다음엔?

아니, 이혼을 한다고 해도 마찬가지야. 어차피 어딜 가나 무얼 하나 똑같아. 선택 따위는 의미가 없어. 왼쪽으로 가든 오른쪽으로 가든 닿는 곳은 하나거든."

효은이가 말을 마치자 침묵이 흘렀다. 긴장된, 두려운 침묵이었다. 효은이는 막다른 길에 이른 것 같은 표정을 하고 있었다.

"그렇게 생각하고 있으면 생각대로 살게 되겠지. 정말로 그런 삶을."

나원이가 말했다. 딱딱한 목소리였다. 평소 느긋한 나원이 같지 않았다. 효은이는 눈을 감았다. 입술이 떨렸다. 나라도 뭐라 말을 해야 하는데, 그냥 웃긴 농담이라도. 나는 아무 말도 못 했고, 나원이가 침묵을 깨면서 말했다.

"미안."

효은이는 대답하지 않았다.

집에 돌아가니 엄마는 중간고사 성적이 나왔다는 걸 알고 있었다. 산 넘어 산.

왜 이러니, 정말.

진짜 이유가 궁금한 것이라면, 이유를 아는 게 목적이라면 그렇게 묻지는 않겠지. 왜 이러니, 왜 이래, 이런 말 따위. 내가 어떤 이유를 대든 상관없다. 그걸 극복하고 공부를 해서 성적을 올리라는 게 최종 결론이니까. 엄만 그 이야기가 하고 싶을 뿐이다.

얘기 좀 하자. 너 요즘 무슨 일 있니?

알고 싶은 것도 아니면서, 할 말이 다 정해져 있으면서 빙빙 돌려 묻는다. 이해할 수 없다.

전학 가서는 잘 하고 있는 줄 알았더니.

잘 해? 뭘 잘 해?

끝까지 한 마디도 안 하려고 했는데 울컥, 말이 나왔다. 하지만 멈췄다. 더 이야기하지 않는다. 공부만 하면, 성적만 올리면 다 잘 하는 거야? 성적이 떨어지면 잘 못하는 거야? 왜 내 안을 들여다 볼 생각은 안 해? 이렇게 말하고 싶었지만.

왜 이러니, 정말.

나는 고개를 젓고 방으로 들어와 문을 잠갔다. 너무나 뻔하고 뻔해. 얘기를 한다고 해도 달라지는 건 없어. 클럽이며 나원이나 오데뜨에 대한 것을 내가 엄마에게 말할 수 있을까? 절대 없다. 이해 못 할 거니까. 사람들은 자기들이 이해 못 하는 것에 대해 신경질적이고 폭력적으로 반응한다. 차라리 입을 다물고, 멋대로 생각하도록 내버려 두는 게 낫다. 엄마는 알아서 생각을 하고 판단을 내리겠지. 오해를 하고 걱정을 하겠지. 그래도 어쩔 수 없었다. 다 그렇게 사는 거니까. 체념. 도피. 이게 제일 편해. 다시금, 무감각.

그 다음 주에는 학교 체육 대회가 있었다. 나는 아무것도 하지 않았다. 반 애들이 몽땅 달라붙는 줄다리기에도 끼지 않았다. 상대편 수가 늘 우리 반보다 한두 명 적었고, 출석번호 마지막인 내가 빠지는 게 당연한 것 같았다. 어쩌면 가장 힘이 약한 애가 빠지고 내가 들어가는 게 나았을 수도 있지만 아무도 그렇게 생각하지 않았다. 나는 스탠드 맨 위에 앉아 애들이 달리고 껑충거리고 춤을 추고 줄을 당기는 모습을 보았다.

하늘은 안개인지 스모그인지 때문에 뿌옇게 흐려 답답했다. 해가 없어 운동장에 나와 앉아 있기는 편했다. 오늘은 일찍 끝나겠지…… 야자를 할 필요도 없겠지…… 카페에나 가 볼까…… 그런 생각들. 청군 치어리더인 효은이는 제일 앞에 서서 신나게 춤을 추고 있었다. 잘 어울렸다.

청군이 이겼다. 간식으로 나눠 준 주스 캔과 빵을 받고 체육복을 갈아입고 교문을 나섰다. 운동장에는 미처 다 줍지 못한 색종이 조각들과 이른 은행나무 잎들이 굴러다녔다. 오늘은 노는 날, 아이들은 무리 지어 큰 소리로 웃고 떠들며 영화관으로, 노래방으로, 또 어딘가로 갔다. 나는 집으로 가는 버스를 두 대

보낸 뒤에 카페에 가기 위해 지하철 역으로 갔다.

가리개 뒤 프루스트 클럽의 자리. 반쯤 맞춰진 퍼즐. 하늘과 해와 집과 남자는 알아볼 수 있지만 노란 들판은 여전히 조각나 있다. 조각난 것. 이어져 있지 않은 것. 갈라진 것. 맞추더라도 조각과 조각 사이의 틈새까지 메울 수는 없어. 결코 맞아떨어지지 않을 퍼즐 조각들.

창고 문을 열고, 불을 켰다. 주황색 등 하나가 창고 안을 채운다. 창고는 좁았지만, 상자들에 가려진 벽으로는 다시 작은 문이 있어 어둡고 넓고 깊고 차가운 검은 호수로 이어질 것 같았다. 상자를 치운다면 발견할 수 있어. 나는 알고 있었지.

나는 안으로 들어가 상자들 사이 바닥에 앉았다. 종이 상자를 접어 만든 두툼한 방석 아래로 지하 호수의 냉기가 스며들었다.

상자에 기대어 보고 팔을 올려놓아 본다. 몸은 쉽게 적응한다. 이거 버릇될 것 같아. 중얼거린다.

문 바깥에는 빛과 음악이 있고 오데뜨와 제영군과 몇 명, 단골손님들이 있다. 간간히 웃음소리와 말소리가 들린다. 내가 바깥으로 간다면 오데뜨는 손을 내밀 것이다. 제영군은 눈을 마주치지 않고 가만히 찻잔을 가져다 줄 것이다. 나와 그 사람들은 웃고 이야기할 것이다. 그럴 것이지만.

나는 조용히 창고 문을 밀어 닫았다. 불을 끈다. 그래도, 문틈으로 빛이 새어 들어온다. 나는 완전한 어둠을 원하는데, 어둠 속에서 쉬기를 원하는데, 사람의 눈은 너무 쉽게 어둠에 익숙해 진다.

나는 꼼짝하지 않고 그대로 있었다. 멈추었다. 그래도 내가 숨을 쉬는 것을 느낀다. 가슴과 배가 움직이는 것. 석상처럼 가만히 있고 싶은데, 살아 있는 한 그럴 수는 없겠지.

뭔가 어긋났다. 어긋나기 시작했어. 아주 미세하게 금이 간 달걀 껍질처럼, 어디에선가부터 금이 가기 시작했다. 그건 점점 더 커질 거야. 깊어질 테지. 나는 검은 선이 투명한 표면 위로 그어지는 것을 보았다. 그 틈으로 나는 빠지게 될 거야. 틈에서는 검고 끈적한 물이 솟겠지. 나는 그 안에 잠겨, 숨도 쉬지 못하게 될 거야.

상자에 담겨 잊혀진 책들은 살았다가 죽었다. 나도 책들처럼 되고 싶은데, 살아 있어서, 책처럼 되지 못한다. 나는 눈을 감았다. 그래도 남는 빛의 잔상. 아프도록 눈부신.

10

세상의 모든 상처

체육 대회 이후로 효은이는 눈에 띄게 예민해지고 동시에 멍해졌다. 클럽에 오면 예민했고, 학교에서는 멍했다. 효은이 주변에서 차츰 아이들이 사라졌다. 말 많고 소문 좋아하는 엄마들 사이에 떠돌던 이야기는 아이들에게도 전염되었다. 물론 내게 그 소문을 직접 이야기하는 아이는 없었지만 나는 복도에서, 화장실에서 효은이의 아버지와 어머니에 대한 이야기들을 조각조각 들었다.

효은이는 자주 양호실에 가서 누워 있곤 했고 선생들은 반은 호의로, 반은 호기심으로 효은이를 묵인했다. 얼굴색이 정말 안 좋아져서 아파 보였다. 효은이는 야자를 계속 빠졌고, 나는 혼자 운동장을 걸어가면서 어둠 때문에 색깔을 구별하기 힘든 낙엽을 주워 교과서 사이에 끼워 넣었다. 집에 와서 보면 어떤 것들은 칙칙하거나 아직 파랬고, 어떤 것들은 놀랍게 선명한 붉은색이기도 했다.

토요일에 효은이와 카페에서 만났을 때는 정말 오랜만에 보는 기분이 들었다. 효은이는 좀 더 마르고 신경질적으로 보였다. 나는 아무것도 묻지 못했다. 아무 일도 없는 것처럼. 효은이는 말이 없었고 나원이와 나만 계속 이야기했다.

어쩌다가 그렇게 이어졌는지, 오즈의 마법사에 대한 이야기가 나왔다.

나원이가 말했다.

"나 진짜 도로시에게 물어 보고 싶은 거 있어. 왜 굳이 집으로 돌아가려고 하는지 말이야. 도로시는 노란 벽돌길을 절대 안 벗어나려고 하잖아. 나 같으면, 그렇게 신기한 세계에 가면 맘껏 돌아다닐 텐데. 한 발자국만 나오면 되는데 도로시는 정해진 길을 벗어나려고 하지 않지. 그게 이상했어."

"처음부터 그 이야기는 도로시가 집에 가고자 하는 얘기잖아. 걔가 좋아라 거기서 살면 얘기가 안 되지."

내가 말했다.

나원이는 인상을 쓰며 말했다.

"집이라 해 봤자, 캔자스였던가? 허허벌판에, 기다리고 있는 건 아저씨와 아줌마뿐인데, 뭐가 그렇게 좋다고 돌아가려고 애쓰는 거야?"

"파랑새 얘기도 그래. 진정한 행복은 가까이에 있다. 걔네들, 누구더라?"

"치르치르, 미치르?"

"그래, 걔네도 집에 돌아와서야 행복을 찾고."

"집이 더 행복하단 법이 어딨어. 익숙하기야 하겠지. 그래서 편할 수는 있지. 하지만 똑같이 낡은 현실 속에 왜 돌아오고 싶을까?"

"환상 속에서 살아, 그럼."

효은이의 목소리는 거칠었다. 내가 놀라서 바라볼 정도로. 잠깐, 침묵이 흐르고 나원이는 웃으며 받아 내려 했다.

"지금도 나는 환상 속에 살고 있는 건가. 내가 만일…… 지금 학교에 돌아간다면 도로시가 집에 간 거랑 비슷하겠지. 난 안 그럴 거지만."

"학교 그만두고, 하고 싶은 대로 하고 살아서 정말 좋겠구나, 너는? 환상 속에 사니까 행복하기만 하겠네?"

효은이가 비꼬는 것이 분명한 톤으로 말했다. 나원이는 꾹 참는 것 같았다.

"어, 좋아. 하지만 어딜 가나 힘든 일은 생겨. 가치나 재미를 떠나서."

"어딜 가나 똑같으면 왜 학교를 나왔어야 했는데?"

"똑같다고 말하진 않았어. 힘든 것의 종류가 달라. 내가 원해서 하는 일이라면, 힘들어도 그게 다 나한텐 도움이 되는 거야. 남이 시키는 대로 살면서 힘들어 하는 거랑은 차원이 달라."

"학교 다니는 애들은 다 생각도 없고 고민도 없는 줄 아니? 멍청해서 남들 시키는 대로 그냥 하는 것 같니?"

"생각만 하면 다가 아니야. 그래, 그렇게 고등학교까지 잘 버티면, 그 다음엔 대학이겠지. 대학에 가도 마찬가지야. 어영부영 버티겠지. 그리고 대학을 졸업하면? 또 버티면서 그럭저럭 살겠지. 틀을 깨지 않고 정해진 길을 가는 한 변화는 없어."

나원이의 말이 빨라졌다. 여유고 뭐고 없었다. 지난번과 비슷 했다.

효은이도 물러서지 않았다.

"그건 너도 마찬가지야. 자퇴했다고 뭐가 달라져? 똑같아. 빠져 나갈 구멍 같은 건 없어. 착각하지 마!"

"네가 살면 얼마나 살았다고, 뭘 경험했으면 얼마나 했다고 다 뻔하다고 말하는 건데? 네가 아는 게 세상의 전부라고 생각해?"

화가 난 나원이는 처음 보았다. 나는 말릴 생각도 못 하고 가만히 옆에 앉아 있었다. 내 자신이 아주 바보처럼 느껴졌다.

"너야말로 잘 알지도 못하면서 말하지 마."

효은이는 입술을 꼭 깨물고 속으로 삼키듯 낮게 말했다.

나원이는 계속 큰 목소리로 쏘아붙였다.

"자기가 걸어 보지도 못한 길을, 용기 없음을 변명하려고 깎아내리지 마. 다른 삶을 살려고, 다른 세상을 만들려고 하는 사람들이 분명히 있어. 네가 그렇게 살지 못한다고 해서, 그게 아무것도 아닌 것처럼 말하지 마. 부끄러우면 그렇다고 해. 부러우면 그렇다고 하라고!"

나원이의 말이 끝나자마자 효은이가 벌떡 일어났다. 하얗게 질리고 굳은 얼굴. 효은이는 가방 속에 책이며 노트를 대충 구겨 넣고 가리개를 거칠게 밀면서 걸어 나갔다. 나는 효은이를 따라갔지만, 효은이의 이름을 부르지는 못했다. 효은이는 오데뜨에게도 인사를 하지 않고 뛰듯이 빠른 걸음으로 카페 문 밖으로 나갔다. 따랑, 종 소리가 맑게 울렸다. 나는 탁자 위에 손을 얹고, 종 소리의 여운이 서서히 사라지는 것에 귀를 기울였다. 오데뜨는 내 쪽으로 올 듯하다가 짧게 한숨을 쉬고 돌아섰다.

"내가 심했어."

나원이는 후회했다. 펼친 노트에 아무렇게나 마구 낙서를 하면서.

"내가 참아야 했는데. 잘못했어."

"아냐, 너도 틀린 건 없잖아."

나는 어중간한 태도로 말했다. 방관자처럼. 나원이는 나를 보고 힘없이 웃었다.

"정말로 잘못한 거야. 효은이에게는, 그런 말 하면 안 되는 거였는데."

나원이는 잠시 말이 없었다. 나는 나무 탁자의 결을 어루만졌다. 나원이는, 내가 아는 것보다 효은이에 대해 훨씬 많이 알고 있는 것인지도 모른다. 나는 모르고 있는 것들. 초라해진 느낌이 었다.

느닷없이 나원이가 말했다.

"어제, 외삼촌이 집에 왔었어."

"외삼촌?"

나는 얼떨떨하게 물었다. 친척이 없는 나원이에게 외삼촌이라니.

"웃겼어, 내가 그 사람이 외삼촌인지 아닌지 어떻게 알아. 집에 혼자 있었거든. 그냥 문을 열어 줄 순 없는 거 아냐. 대문 앞에 서서 얘기했어."

감이 오지 않았다. 나는 아무렇게나 대꾸했다.

"진짜, 이상했겠다."

"내가 계속 문을 안 열어 주니까, 어머니 전화번호를 가르쳐 달래. 그것도 불안하긴 했는데, 어머니 일하시는 데 번호를 가르쳐 줬어. 전화 받고 어머니 막 뛰어오시고……"

"원래 연락 안 한다며."

"장난도 아니었어. 펑펑 우시고. 외가에서 오라고 해도 자긴 안 간다고 그러실 땐 또 언제고."

나원이는 고개를 저었다.

"왜 오셨는데?"

나원이는 금방 대답하지 않았다. 이런 걸 물어 보는 건 나답지 않아, 말을 돌리려는데 나원이가 말했다.

"나 데려가려고."

잠깐, 말이 막혔다. 나는 농담으로 받았다.

"네가 무슨 물건이야, 데리고 가고 말고 하게."

"그러게 말이야."

나원이는 웃다가 말을 이었다.

"어머니 큰오빠 되는 외삼촌인데, 외국에 사신다는 거야. 나더러 유학을 오지 않겠느냐고. 그런 얘기 있잖아, 지 엄마 어릴

때를 꼭 빼구나, 너만이라도 내가 잘 키워 주마. 진짜 신파였어."

"……어딘데?"

"캐나다."

"캐나다? 너무 안 어울려."

나는 막 웃었다. 웃음이 입 안에서 터져 나왔다. 입술이 말랐다.

"진짜 그렇지. 진짜 이상하지?"

우리는 한참을 웃었다. 캐나다가 나원이와 어울리지 않는다는 게 가장 중요한 것처럼. 캐나다와 프랑스와 체코와 태국을 비교하면서, 상상할 수 있는 모든 나라들을 끄집어 내면서, 마치 캐나다가 가장 안 어울린다는 듯이. 그러니…… 가면 안 된다는 것처럼. 나는 웃다가 말았다. 그래서…… 그래서? 내 마음을 읽은 것처럼 나원이가 말했다.

"안 갈 거야."

나는 숨을 들이마시고, 내쉬었다. 유학 같은 건 나원이와 어울리지 않았다. 누가 부른다고, 어른들이 하란다고 하는 나원이는 상상도 할 수 없다.

"……그래."

나는 왜, 라고 묻지는 않았다. 효은이였다면 물어 봤겠지. 하지만 나는 묻지 않았고 나원이도 굳이 말하지 않았다. 그래도 알 것 같았다. 이어져 있다고 믿었다. 나는 그냥 쉽게 안심하고 말았다. 나원이가 정말로 무슨 생각을 하는지, 무엇을 원하는지 물어 볼 생각도 하지 않고서. 효은이에게도, 나원이에게도 물어 봤더라면 좋았을 것을. 그냥 솔직하게, 두려워하지 말고서. 그랬더라면 달라졌을지도 모른다. 하지만 나는 내가 얻은 것들을 지키기에도 벅차 했다. 묻는다면, 듣는다면, 내가 지킬 수 없는 무엇이 될까 봐. 내 손을 벗어나게 될까 봐.

월요일, 효은이는 삼 교시를 마치고 조퇴했다. 효은이가 가방을 메고 교실을 나가자마자 아이들은 효은이에 대해 말하기 시작 했다.

김윤오, 너도 알고 있었어?

앞자리 애가 뒤돌아보며 물었다. 아이들은 내가 그들 중 하나라도 되는 것처럼, 갑작스레 나를 대화에 끌어들였다. 움찔했다. 대어를 낚은 아이들은 나 같은 작은 물고기에 대해서는 잠시 잊었다. 그 애 짝이 맞장구쳤다.

그래, 김윤오라면 알겠다.

너 신효은 하고 야자도 같이 한다며.

내 짝이 말했다. 옆자리가 비어 있는 것처럼 행동하던 애였다. 나는 보던 책으로 눈을 돌렸다. 미하엘 엔데, 『자유의 감옥』. 하얗고 딱딱하고 조그만 책. 스완의 책이었다. 오데뜨에게 허락을 받고 빌려 온 책.

그렇다며? 신효은네 아빠가……

나는 세워서 보던 책을 책상 위에 던지듯 쾅 덮었다. 소리가 컸다. 순간 교실이 조용해졌다. 나는 또박또박 힘주어 말했다.

시끄러워.

앞자리 아이들은 질린 얼굴을 하고 고개를 돌렸다. 짝은 헛기침을 하더니 문제집을 펼쳤다. 뭐지? 하는 표정으로 이쪽을 보던 아이들은 흥미를 잃었고, 다시 교실은 시끄러워졌다. 많고 많은 이야기. 이야기를 하는 것은 쉽다. 아는 사람에 대해서 이야기하는 것은 더 쉽다. 자기가 아는 그대로가 바로 그 사람이라고 생각하기 때문에, 확신을 가지고 이야기를 지어 내면서 즐거워한다. 그러곤 잊겠지. 그 의미나 무게나 흔적 같은 것은 생각하지 않고. 되돌려 놓으라고, 취소하라고 요구한다면 어리둥절해할 것이다. 이미 잊었을 테니까. 기억하는 것은 이야기된 사람뿐이다.

학교가 끝나고, 나는 효은이가 없는 열람실로 가지 않았다. 담임은 이번에도 쉽게 조퇴증을 주었다.

확신한 것은 아니었는데, 효은이는 그 곳에 있었다.

어둑해진 골목, 카페 건물 입구의 더러운 계단에 앉은 효은이는 길에서 사는 아이 같았다. 길에서 살 수만 있다면 효은이는 기꺼이 그렇게 했을 것이다. 나는 효은이 앞에 무릎을 꿇었다. 땅바닥은 찼다. 효은이의 손을 잡을 수도 있고 어깨를 끌어안을 수도 있었다. 하지만 그렇게 하지 않았다. 나는, 그렇게 가깝게 다가갈 수 없었다. 갑자기 화가 났다. 네가 왜 이러고 있는 건데.

"신효은. 정신 차려."

나는 두 손으로 효은이의 뺨을 찰싹 때렸다. 핏기 하나 없던 효은이의 얼굴이 금세 붉어졌다.

"아파."

효은이의 눈에 눈물이 맺혔다.

"아파."

예상치 못하게 일어나는 일들은 사건이라거나 행운이라고 하고 예상할 수 있는 일들은 일상이라 부른다. 상처 받고 다리에 힘이 빠져 비틀거리고 피를 흘리는 일들을 일상이라고 한다. 일상의 처연한 풍경 안에서 우리는 나란히 앉아 있었다. 은행나무 잎들이 바람에 몰려 골목을 지났다. 구겨지고 밟힌 노란색.

효은이는 부스럭거리더니 가방에서 담배를 꺼냈다. 라이터나 성냥을 척 대어 주면 멋졌을 텐데, 내게는 불조차 없었다. 나는 대신 맨손을 내밀었다.

"나도."

"버릇돼."

"그래도."

효은이는 얇은 담배 한 대를 건네주고 불도 붙여 주었다. 담배를 싫어한다고 생각해 왔는데, 생각보다 역겹지 않았다. 바보처럼 기침을 하게 될까 봐 연기를 들이마시지는 않았다.

"……참 아니라는 생각이 들어."

"그래."

나는 그냥 고개를 끄덕이기만 했다.

"비참하네."

"그렇지."

우리는 말없이 앉아 있었다. 효은이는 조금씩 이야기를 했다.

"병원 갔다 왔어."

"그래."

"엄마 어제 입원했거든. 며칠 더 있어야 한다는데 죽어도 집에 가야겠대. 짜증만 내다 왔어."

"……그럼 병원에 혼자 계셔?"

"아니, 외할머니 왔더라."

"그래."

담배 한 대는 생각보다 오래 갔다.

"우리 엄만, 말을 안 해."

효은이가 내뱉듯 말했다. 툭, 효은이의 말이 내 가슴 위에 떨어졌다.

"아무 일도 없는 것처럼. 말을, 안 해. 내가 모른다고 생각하진 않을 텐데. 어떻게 그렇게 모른 척할 수가 있지. 내가 일찍 잠들지 않는다는 것을 알 텐데."

"……알아도, 말 못 할 때가……"

"나, 안방 열쇠 가지고 있어. 엄만 안방 문을 꼭 잠그고 다니거든. 일하는 아줌마도 안방엔 안 들어가. 나는, 낮에, 아무도 없을 때, 동생들도 없을 때 들어가 본다. 깨끗해. 따뜻해 보이기도 해. 근데, 있어, 이상한 냄새 같은 게. 꽃병은 일 주일에 한 번씩 바뀌고 화장대 거울도 마찬가지야. 왜 엄마는 굳이 꽃병을 두려고 할까? 또 깨질 텐데. 꽃도 늘 생화로만 꽂아 두고."

눈에 보이는 듯한 이미지. 절망으로 가득 찬 집. 냄새가 맡아졌다. 멀미를 할 것 같았다.

"우리 집 애기들은 몰라. 기은이랑 효준이는 일찍 자니까. 근데, 난 걔들이 끝까지 몰랐음 좋겠어. 그게 엄마랑 똑같은 건지도 몰라. 비겁한 거. 감추는 거."

"그렇지 않아……"

효은이가 우리 집 애기들, 이라고 말하는 목소리는 너무 약하고 부드러웠다.

"왜 엄마가 죄인처럼 있지? 맞는 건…… 엄만데. 윤오야."

효은이가 내 팔을 잡아끌었다. 소름이 돋았다.

"응?"

"너, 그거 알아야 돼. 겉모습만 보고는 몰라. 겉으로는 말짱해 보여. 말짱하게 행동해. 당하는 사람도 겉으로 봐선 모른다구. 얼굴은 절대 안 건드리거든. 자기가 안 그런 척하면 괜찮아 보이는 거야."

"……"

"무섭지 않니."

"그래……"

"사람이라는 게."

"알아."

목부터 가슴까지 뻐근해지면서 달깍, 소리가 나듯 아파 왔다. 골목에는 어둠이 스며들고 있었다. 갈라진 벽 틈에서 그림자가 새어 나왔다. 아직 가로등은 켜지지 않았다.

나는 아무 말도 하지 못했다. 효은이에게 해줄 말도 없고 해줄 수 있는 것도 없었다. 나는 자격이 없다. 나는 생각나는 대로, 아무 말이나 했다.

"나원이, 외삼촌이 와서 유학 가라고 그랬대."

효은이는 약간 눈썹을 찌푸렸다.

"캐나다로."

두 번째 담배에 불을 붙이다가, 효은이는 피식 웃었다.

"웃겨."

나도 따라 웃었다. 입가만 끌어올리면 웃음은 지어졌다. 효은이가 물었다.

"간대?"

"아니."

"그렇구나."

효은이는 길게 연기를 내뿜었다.

"웃긴다. 지가 뭔데 오라 가라야."

"그래."

내가 말했다.

효은이의 두 대째 담배가 다 타 들어갔다. 효은이는 담배를 계단에 문질러 끄고 일어났다.

"나, 가야 돼."

"어디 가려고?"

"오늘 우리 막내 생일이다."

효은이는 웃으며 말했다. 눈은 아직 빨갰다.

"같이 외식하기로 했지. 맛있는 저녁도 먹고, 선물도 사 주고. 아주 행복하고 즐거운 생일날. 효준이는 참 좋겠지, 그치?"

효은이는 머리를 쓸어 모아 하나로 묶고 바닥에 떨어진 꽁초를 주워 전봇대 아래 쓰레기 봉투 입구에 쑤셔 넣었다.

"진짜 바른생활이다."

나는 메마르게 웃었다. 효은이는 교복 치마를 툭툭 털고 나서 허리를 곧게 펴고 나를 보았다.

"윤오야. 미안해."

"뭐가."

"다른 애들 앞에서 너 모른 척한 거. 그런 내가 너무 싫었어. 엄마 아빠 같지. 끔찍했어."

효은이는 손으로 입을 막았다. 나는 아무 말 하지 못했다. 침을 삼키고, 겨우.

"무슨 소리야, 나 편하라고 그렇게 해준 거면서……"

효은이는 그 모습 그대로 있다가, 손을 떼고 웃었다. 누르면 쑥 들어갈 것처럼 생기 없는 얼굴. 웃음만은 효은이의 것이었지만.

"응, 뭐 그렇긴 하지만."

효은이는 행복한 가정의 행복한 막내의 행복한 생일을 축하하러 골목을 내려가고 나는 도서관으로 올라갔다. 카페에는 들어가고 싶지 않았다. 이야기를 해야 하는 곳으로는 가고 싶지 않다. 누군가를 만나게 되는 곳으로는. 열람실 좌석표는 하나도 남아 있지 않았지만 열람실에 들어가 보니 남은 자리들이 있었다. 나는 아무 데나 앉아 문제집을 꺼내고 그 위에 잠시 엎드려 있었다. 생각도 안 하고 기억도 안 할 수 있다면. 머릿속에 이미지들이 확확 지나쳐 가지 않도록 막아 놓을 수 있다면.

효은이의 어머니를 때리는 효은이의 아버지. 깨지는 꽃병. 본 적도 없는데도 너무 잘 떠올랐다. 절망의 집. 피 냄새. 누가 차갑고 미끈거리는 벌레들을 내 옷 속에 풀어 놓은 것처럼 온몸이 떨렸다. 아니, 제발, 생각하기 싫어. 나는 천천히, 정성을 다해 수를 세었다. 하나, 둘, 셋…… 단조롭게 자릿수가 변해 가는 숫자들. 온 신경을 집중해. 그것이 나의 방어막. 내 안에 숨어 있는 그것을, 그 기억을 떠올리지 못하도록 최선을 다해 둔해지는 것. 듣지 마. 보지 마. 도로 들어가. 제발, 그렇게 해 줘.

얼마까지 숫자를 셌을까. 몸이 오싹거리는 것이 멈추었다.

정신을 차리고 보니 진땀이 나서 이마가 축축했다. 펼쳐 놓았던 문제집은 잔뜩 구겨져 있었다. 나는 멍하니 그 구겨진 자국을 보았다.

한번 구겨진 것은 절대 원래대로 되지 못한다.

마치 지난 여름이 없었던 것처럼 생각되었다. 열기에 들떠 태양 아래서 당당하게 걸었던 날들은 꿈이었거나, 도피였거나, 사치였거나. 나는 여전히 동굴에 묶여 있으면서 자유를 얻었다고 착각했지. 정말로 도망칠 곳은 없는데.

나는 연필을 집어 문제를 풀기 시작했다. 그냥 아무 생각도 안 하고 싶었다. 열람실 안을 채운 다른 아이들과 같은 모습이 되어, 이름도 없이 그저 똑같아 보이는 한 사람이 되어 숨고 싶었다.

그 날 밤에, 아주 오랜만에 옛날 학교 꿈을 꾸었다. 그 교실. 다 잊었을 거라 생각했는데, 칠판의 흠집까지 그대로였다.

남색, 촌스러운 교복으로 꽉 찬 교실, 가운데 희게 빈 자리. 퍽, 하는 낯선 소리. 비릿한 냄새. 손의 느낌.

나는 밖으로 들리지 않도록 손으로 얼굴을 감싸고 한참을 꺽꺽 울었다. 아침에 일어났을 때는 운 게 꿈이었는지, 진짜였는지 알 수 없었다. 눈이 퉁퉁 부어서 찬물로 오랫동안 마사지를 했다. 너 얼굴 좋아 보인다, 오빠가 농담을 했다. 나는 대꾸하지 않았다.

효은이는 가을 하늘처럼 말끔한 얼굴을 하고 쾌활하게 교실로 걸어 들어왔다. 자신감 넘치는 예전 모습 그대로였다. 의아해하는 물음표가 아이들 머리 위에 떴다가 사라졌다.

"윤오야, 안녕."

효은이가 내게 인사했다. 학교, 반에서는 처음이었다. 나는 제대로 인사하지 못하고 낮게 안녕, 중얼거렸다. 효은이는 자신만만하게 웃었다. 아이들은 아무 말도 하지 못했다. 효은이는 그 아이들 모두보다 강했다. 그래, 효은아. 네 말이 맞아. 너는 달라. 강해. 그리고 또 네 말이 맞아. 네가 어떤지, 알 수가 없어.

그때 나는 진정으로, 겉으로 보이는 것은 그 사람의 진짜 상태를 말해 줄 수 없다는 것을 깨달았다. 효은이 말처럼 겉모습만 보고서는 아무것도 알 수 없는 것이다. 속이 썩었는지 그 손에 피가 묻었는지 알아챌 수 없다. 누구도 효은이를 알 수 없다. 나를 알 수 없듯이.

11

아무것도 하지 않고
너무 많은 것을 했던 개교기념일

수요일, 개교기념일 날에는 늦잠을 자고 일어났더니 집에 아무도 없었다. 나는 천천히 씻고 가방을 챙겨 밖으로 나왔다.

은행잎은 너무 노랗고, 갈색으로 물든 길고 둥근 목련나무 잎들은 무성하여 절대 떨어지지 않을 것 같았다. 바람이 불면 가벼운 은행잎들만 옆으로 날리고 무거운 은행알들은 밑으로 떨어졌다. 바람이 너무 불어 옷깃을 여며도 찬 기운이 스며들었다.

따랑, 문에 달린 종이 울리는 순간, 뭔가 이상했다. 특별히 잘못된 것은 없지만 공간이 붕 뜬 것 같은 느낌. 썰렁하고 어두운 카페 안에서 오데뜨가 혼자 울고 있었다.

나는 문 손잡이를 잡고 어쩌지도 못하고 서 있다가 안으로 들어와 문을 닫았다. 오데뜨는 내 쪽은 보지도 않고 구석 탁자에 엎드려 어깨를 떨면서 울고 있다.

어떻게 하지? 나가야 하나? 카페에는 손님도 없고 음악도 없고 빛도 없었다. 마치 세상처럼, 쉴 곳 없는 세상처럼 외롭고 두려 웠다.

나는 오데뜨 옆에서, 말도 걸지 못하고 그 쓸쓸한 세상의 미아가 된 기분으로 가만히 서 있었다. 시간이 얼마나 흘렀을까.

"왜 서 있어, 앉지 않고."

오데뜨가 내 쪽을 보고 있었다. 나는 손짓을 따라 자동인형처럼 앞자리에 앉았다. 오데뜨는 머리를 쓸어 올리더니 웃었다.

"다행이다, 윤오라서."

마스카라가 번져서, 아름다웠다.

"맛있는 차 끓여 줄게. 딸기차 있거든?"

오데뜨는 활기차게 돌아섰지만 어깨가 가라앉듯 처지면서 마구 흔들렸다. 나는 그냥 오데뜨를 기다리고만 있었다.

딸기를 말려 만든 딸기차는 붉고, 달콤한 향기가 나고, 시었다. 차를 다 마셨을 때쯤에는 오데뜨는 약간 부은 눈 말고는 말짱해졌다. 제영군이 왔다. 제발, 알아보지 못했으면. 제영군은 모르는 것 같았다. 대학생처럼 보이는 여자 손님들이 두 명 들어왔고 나는 오데뜨가 평소처럼 그들을 맞는 것을 보았다.

"나, 그만 갈게요."

내가 어색하게 말했다. 오데뜨가 잡았다.

"잠깐만, 윤오, 기다려. 나랑 얘기 좀 하고 가."

오데뜨는 제영군에게 일을 맡기고 내 팔을 붙잡고 구석 자리로 갔다. 제영군이 이상하다는 듯이 돌아보았다. 오데뜨는 자리에 앉더니 희미하게 웃으며 말했다.

"놀랐지."

"아니요……"

"가끔 이래."

"……울어요?"

나는 고개를 떨구고 물었다. 오데뜨는 잠깐 말이 없더니 낮은 목소리로 빠르게 말했다 .

"상처를 받지 않을 수는 없어. 그런 게 일상이니까. 비가 내리고 얼음이 어는 것처럼, 상처는 생기니까. 그리고 또 흉터가 생겨. 그것도 어쩔 수 없어. 시간이 지나면 지워져 가겠지만, 완전히 사라지는 흉터는 드물지. 그럼 그 흉터를 가지고 잘 살면 돼. 거기 적응하면 돼. 상처를 받았다고, 흉터가 있다고, 그걸로 인생이 끝인 건 아니잖아. 어쩌면 그 상처와 흉터 덕분에

삶이 나아질 수도 있겠지. 하지만, 가끔은…… 그래, 가끔은 그냥 아프기도 해. 후회가 되기도 하고, 막 원망스럽기도 해. 어쩌겠어, 내버려 둬야지. 지나갈 때까지. 다시 받아들일 수 있을 때까지. 지금이 좀 그런 땐가 봐, 나."

나는 대꾸 없이 나무 탁자의 결을 어루만졌다. 어떤 말을 하고 어떤 표정을 해야 할지 알 수 없었다. 나는 오데뜨가 큰 잘못을 한 것처럼, 그래서 내가 화가 난 것처럼 부루퉁한 얼굴을 하고 있었다. 그러고 있는 내가 싫었다. 오데뜨의 얼굴을 볼 수가 없었다.

"그게 아니에요……"

나는 겨우 말했다. 그때 뒤에서 누가 거칠게 말하는 소리가 들렸다.

뭐야 장사 안 해?

듣자마자 기분이 나빠지는 더러운 목소리. 오데뜨의 얼굴이 잠깐 굳었다가 영업용 미소로 풀렸다.

"네, 죄송합니다. 제영군, 여기 메뉴판 좀."

주방에 있던 제영군이 손을 앞치마에 훔치며 서둘러 나왔다. 목소리만큼이나 기름지고 울퉁불퉁한, 위협적인 덩어리 같은 남자는 제영군은 쳐다보지도 않고 오데뜨에게 손가락질을 했다. 아니 예쁜 주인이 손님을 맞아야지 놀고 있으면 쓰나 돈 안

벌어?

속에서 뭔가가 치밀어 올랐다. 익숙한 무엇. 내뱉어 버릴 수도 있는 것. 조금 얌전하게 생긴 동행 두 명은 어설프게 웃으며 남자를 나무라는 듯, 자리에 앉으라 했지만 남자는 아랑곳하지 않았다. 도리어 웃어 대었다. 자기가 무척 재미있는 농담을 하고 있기라도 한 것처럼.

아 여기 이렇게 구석져서야 어디 장사가 되겠나 언니가 좀 더 열심히 해야지 응?

오데뜨는 굳은 얼굴을 서늘한 미소로 가리고 내 옆을 돌아 주방 쪽으로 가려 했다. 남자가 퉁퉁 부어오른 손을 내밀어 오데뜨의 팔꿈치를 잡았다. 잠깐 여기 좀 앉아 보지. 그때였다. 내 안에서 무엇이 폭발해 버린 것은.

"뭐 하는 짓이야? 미친 놈."

나야말로 미친 애처럼 보였을 것이다. 나는 바락바락 소리를 질렀다. 하지만 정신은 너무나 말짱했다. 나는 내가 하는 말, 남자의 반응, 오데뜨가 놀라는 것, 자리에 앉아 있던 여자 손님들이 나를 돌아보는 것을 듣고 보았다. 남자는 화를 낼 듯하다가 당황한 얼굴이 되었다. 남자의 동행, 얌전하게 생긴 남자 둘이서 팔을 잡아끌었다. 야 그냥 가자 재수 없다. 그 말에 나는 의자 등받이를 움켜잡았다. 제영군이 와서 내 손목을 잡지 않았더라면, 나는 정말 의자를 들어 후려쳤을지도 몰랐다. 제영군의 손은 약간 젖었고 차가웠다. 그때 잠깐, 정신을 잃었던 것 같다.

팍. 소리. 냄새. 자극.

정신을 차리고 보니 나는 도로 제자리에 앉아 있었고 손님은 아무도 없었다. 무슨 일이 있었던 거지. 조금씩 무서워졌다. 또야. 내가 또 그랬어. 몸이 덜덜 떨렸다. 머리가 칼로 찔리듯 아팠다. 누구지, 칼을 든 사람은. 눈이 가려지고, 딱딱한 의자에 앉아 어디론가 실려 와 눈을 가린 천이 풀렸을 때, 눈앞에 막막하고 끝없는 메마른 벌판이 펼쳐져 있어 남은 여생을 그 곳에서 혼자 살아야 하는 기분이었다. 검고 긴 머리카락을 가진 여자가 내 앞에 앉는다. 오데뜨. 이름이 생각났다. 그리고 여기는.

"죄송해요, 갑자기 욱 해서……"

눈물이 날 것 같았다. 그렇게 아무렇지도 않더니, 지금은 마음이 너무 약하고 부드러워져서 금방이라도 찢길 것 같았다. 오데뜨는 몇 번이나 말을 하려고 하다가 입을 다물었다. 오데뜨도 분명 놀랐겠지. 질렸을 거야. 무슨 짓을 저지른 거지. 바로 여기에서, 이 사람들 앞에서. 사라지고 싶었다. 뛰어나가고 싶었다. 그렇지만 몸이 무거워 움직일 수 없다. 아래로 가라앉고 있어, 절대 빠져 나올 수 없도록, 시멘트 속으로. 그 밑엔 호수도 없는데.

오데뜨의 시선이 느껴졌다. 오데뜨는 입을 열었다. 차분한 목소리였다.

"아니, 괜찮아. 무감각한 것보다야 훨씬 낫지. 맘껏 흔들리고 불안정해지는 게 나아."

오데뜨는 잠시 말을 멈추었다가 이었다.

"그래야 뭔가 탄생할 여지가 생기는 거니까. 창조…… 변화. 소용돌이, 뭐 그런 거."

오데뜨는 손톱 끝으로 탁자를 톡톡 쳤다. 나는 순식간에 마음이 가라앉았다. 오데뜨는 엉뚱한 이야기를 하고 있었다. 내가 저지른 일에 대해 말하지 않고, 내가 할 수 있는 일에 대해 이야기한다. 겉으로 보이는 것에 대해 말하지 않고 숨은 의미에 대해 이야기 한다.

"카오스에서 모든 게 시작되듯이. 안정된 원소는 분열하지도 않으니까. 뭔가 만들어지려면 괴롭고 슬프고, 그런 게 필요하거든."

오데뜨의 목소리는 단조롭다. 흔들리지 않는다. 그 목소리를 잡고, 일어나. 깨어나. 침을 삼키고, 말을 삼키고, 시간을 삼키고. 오데뜨는 계속 내 옆에 앉아 있었다. 나는 결국 말을 할 수 있었다.

"그럼 행복한 사람은, 아무것도 만들 수 없나요?"

오데뜨는 입술을 약간 내밀고 눈을 내리깔았다가, 희미한 미소를 띠고 말했다.

"글쎄. 행복한 사람에게 한번 물어 봐."

제영군이 차가운 물을 한 컵 가져왔다. 오데뜨는 내 앞으로 물잔을 밀었다. 달그락, 얼음이 부딪치는 소리가 났다.

"아직은 도망쳐도 좋을 때야, 윤오."

"도망?"

나는 도망치고 있는 거야? 나는 물잔을 잡았다. 차가움. 습기.

"언젠가는 마주 해야만 하는 때가 오는 것이지만."

오데뜨는 손으로 공중에다 선을 그었다.

"여기. 여기까지 왔을 땐, 더 이상 도망이라는 말은 의미가 없어져. 정면으로 부딪쳐야만 하는 곳이야, 여기는."

나는 숨을 죽이고 보이지 않는 선을 바라보았다. 나는 어디까지 온 것일까. 이미 그 선에 닿은 건 아닐까. 울고 싶은데 눈물이 나지 않았다. 눈물은 눈꺼풀 뒤에 걸려, 울음은 목 아래 걸려 도저히 나올 것 같지 않았다.

"……나는, 내가 무서워요."

그런 짓을 할 수 있는 내가 무서웠다. 그런 짓을 하고도 아무 일도 없었던 것처럼 살 수 있다는 것이 무섭고 사람들이 무서웠다.

"윤오."

오데뜨가 내 이름을 불렀다. 거의 즐겁게 들릴 정도로 가벼운 목소리였다.

"아까 내가 말한 것 말이야. 상처와 흉터에 대해서."

"……"

"유리 조각이 빗발치듯 떨어지는 곳을 지나야 할 때도 있지. 운 좋게 몇 군데 긁히고 말지도 모르지만, 정통으로 맞을 수도 있겠지."

오데뜨는 고개를 끄덕이면서 말했다. 그래 그래, 스스로를 다독이듯이, 자신을 설득하면서.

"상처 받는 걸 두려워하지 마. 상처를 가지고, 그것 때문에, 더 아름다운 모습이 될 수도 있어. 나이 든 사람들의 주름처럼. 어쩔 수 없는 상처를 받았다면, 말끔히 지워질 것 같지 않다면, 그걸로 아름다운 흉터를 만들도록 해. 상처가 아무는 것은 그 후에 달린 거니까. 그럴 수 있어."

나는 그냥 고개를 끄덕였다. 그럴 수만 있다면.

오데뜨는 쌀죽을 끓여 주었다. 쌀이 죽이 되는 긴 시간 동안, 나는 구석 탁자에 앉아 사람들이 오가는 것과 제영군이 춤추듯 경쾌한 몸놀림으로 서빙을 하는 것을 보았다.

하얀 쌀죽에서 완벽한 김이 솟아올랐다. 오데뜨는 만족한 얼굴로 잘 만들어진 것 같다고 했다. 죽은 뜨겁고 고소한 향기가 났다. 오데뜨가 늘 말하는 것처럼 느끼하다 싶을 정도로 고소했다. 오데뜨의 말을 알 것 같았다. 하지만, 하지만 오데뜨. 정말 그럴 수 있을까요. 위로 뒤에 숨을 수만은 없는데. 나는 은색 숟가락으로 죽을 한 술 떴다.

12

돌이킬 수 없는

날이 갑자기 추워졌다. 아침에 보면 아직 떨어지지 않은 나뭇잎에 하얀 서리가 돋아나 있었다. 나는 장갑을 꺼내서 꼈다. 뉴스에서는 주말이면 다시 예년 기온을 회복할 것이라고 했다. 스팀을 넣지 않은 학교는 추웠다. 아이들이 모인 교실만이 따뜻했다. 서로에게 아무 관심 없어도, 싫어하더라도 체온을 나눌 수 있다는 것이 이상했다.

일기 예보대로 토요일이 되자 날이 약간 풀렸다. 그래도 예전 같지 않았다. 겨울이 시작되었다는 게 실감이 났다.

나는 늦게 집을 나섰다. 서두르지 않았다. 버스에서 내려, 골목을 걸었다.

이 골목이 이렇게 친숙한 것이 될 줄은 몰랐다. 길이 보일 듯 말 듯한 곡선을 이루는 것과 금이 간 담장에 잡초가 피었다 지는 것과 나무들이 여름에서 초겨울에 이르기까지 조금씩 헐벗어 가는 것과 골목 너머 어딘가의 피아노 학원에서 서툰 딩동 소리가 울리는 것이, 이렇게 당연하게 여겨질 줄은 몰랐다. 마치 언제나 이 길을 걷고 있었던 것 같았다. 발걸음이 더욱 느려졌다.

그 곳으로, 가고 싶지 않아. 상처를 들쑤시고 싶지 않아. 오데뜨의 말을 믿을 수 없어.

천천히. 가라앉는다. 보이기 시작한다. 내가 외면하고 있었던 것들이. 숨어 있었던 기억들이 나타난다. 기억하고 싶지 않아. 하지만 이대로 살 수 있을까. 이렇게 정신을 잃고, 위로를 받으면서 하루하루 연명하는 기분으로 사는 게, 정말 사는 걸까.

벽. 막. 나와 다른 모든 것들을 분리시키는 투명하고 질긴 껍질. 없어진 줄 알았는데, 여름의 열기에 녹아 사라진 줄 알았는데 아직도 있었다. 나는 숨조차 제대로 쉴 수가 없었다. 하지만 막이 없다면 나는 기억에 짓눌려 죽어 버릴지도 모른다.

내게는 그 막이 필요한 거지. 피부처럼 달라붙어 있는 것.

그때 누군가 내 옆으로 바람을 일으키며 달려갔다가 몇 미터

앞에서 멈추어 홱 돌아보았다. 제영군이었다.

"지금 가요?"

제영군은 반가운 기색으로 인사를 했다. 시계를 보니 제영군도 지각이었다. 내가 말했다.

"늦었네요."

"네, 차가 막혀서. 근데…… 늦은 거 같은데."

제영군은 절대 나나 나원이나 효은이를 이름으로 부르는 일이 없었다. 뭐라고 호칭을 불러야 할지 몰라서일 테지. 하기야 나도 그랬다. 너라고 할 수도 없고, 그러자니 남은 건 씨와 오빠인데 둘 다 지나친 것 같았고. 그냥 대충 얼버무린다.

"네, 나도 늦었어요."

하지만 나는 발걸음을 전혀 당기지 않고, 지각한 제영군은 나를 내버려 두고 다시 달려가야 하나, 나를 끌고 달려야 하나, 아니면 그냥 아예 늦어 버리나 고민하는 기색이 역력했다. 제영군은 결정을 내린 듯 다 포기한 표정으로 나와 함께 걸었다. 제영군이 물 었다.

"잘 되고 있어요?"

"뭐가요?"

"프루스트 클럽. 책 읽는 거요."

잘 되고 있는 건가? 그런 건가? 나는 왜 책을 읽고 있는 거지? 나는 말했다. 제영군이었기 때문에 그럴 수 있었다. 아주 쉽게.

"그만둘까 봐요."

"네?"

제영군이 너무 놀라서 나도 덩달아 놀랐다. 그게 그렇게 놀랄 일이야? 그래, 그렇지. 그렇지만. 제영군이 물었다.

"하지만…… 왜요?"

"……"

"……"

제영군은 내 말을 기다렸다. 끈기 있게, 조용히. 정말로 귀 기울인다는 것이 느껴졌다.

"자꾸 맘에 걸려요."

"뭐가요?"

"거짓말을 하고 있는 것 같아서."

한 번도 생각해 보지 않은 말이었다. 그 말들은 내 것이 아닌 것처럼, 내 입을 빌려서 나오는 것처럼 낯설었다. 나는 말하면서 듣고, 그러면서 알았다. 나, 마음에 걸린다고 느꼈구나. 나, 거짓말을 하고 있다고 생각했구나.

난 왜 클럽 같은 걸 하고 있는 걸까? 괴로워질 뿐인데. 몰라도 좋을 것을 알게 되는데. 잊고 싶은 것을 기억하게 되는데.

거짓말을 하고 있다는 것을 깨닫게 되는데. 그만둬 버린다면, 그럼 나아질까.

제영군은 말이 없다가, 밝은 목소리로 말했다.

"좋은 거 같아요."

"예에?"

무슨 소리야? 내가 지나치게 목소리를 올렸는지, 제영군은 얼굴이 붉어졌다.

"아니…… 그만둔다는 게 좋다는 게 아니라요, 그러니까, 거짓말을 하느니 그만두는 게 낫다고 생각하는 게. 그러니까, 아, 뭐지."

제영군은 횡설수설했다. 나는 그런 제영군을 쳐다보았다. 내 시선 때문에 제영군은 더 갈피를 못 잡고 있었다. 역시 귀엽구나, 이 사람. 나는 생각하고, 제영군은 드디어 정리를 했다.

"거짓말하는 걸 싫어한다는 거잖아요. 자기 마음을 숨기는 사람들도 있는데, 거짓인 걸 알면서도 넘어가기도 하는데, 그것 때문에 고민한다는 건 거짓을 참을 수 없다는 얘기니까, 그래서 좋다고요."

"결벽증 같은데."

나는 마음이 한결 가벼워져서 농담처럼 말했다. 이상했다. 억지로 어두운 벽 구석에 머리를 박고 서 있다가 뒤돌아서니 햇볕이 쏟아지는 밝은 들판이 있는 것처럼. 두꺼운 외투를 뒤집어쓰고 웅크리고 있었는데 누가 갑자기 그 외투를 번쩍 들어내고, 그러니 따스한 바람이 불어온 것처럼.

"결벽증은 나쁜 말 같고."

"그럼 진짜 그만둬야겠네?"

"아니, 그건 아닌데……"

우리는 어느 틈에 약간씩 말을 놓고 있었다. 제영군은 그만두지 말라는 말을 어떻게 해야 하나 고민하는 것 같았다.

"거짓말을 안 하면 되는데……"

"그렇지……"

너무나 뻔한 말이었는데 나는 말은 쉽지, 하면서 튕겨 낼 수도 있던 순간에, 그렇지, 하고 말했다. 거짓말을 안 하면 된다. 짐을 지고 있다면 내려놓으면 된다. 그렇게 간단한 것을 쉽게 하지 못하는 데에는 이유가 있는 거라고 발목을 끌어 잡는 것들을 차 버리면 된다. 두려워하지 않으면. 제영군이 어색하게 물었다.

"내가 너무 말을 쉽게 하죠."

"아니에요."

다시 높임말로 돌아왔다. 하지만 예전과 같지는 않았다. 거의 다정한, 그냥 웃을 수도 있을 것 같은 느낌. 저 앞에 카페가 있는 골목 입구가 보였다. 우리는 약속이라도 한 듯이 뛰기 시작했다.

효은이와 나원이는 마주 보고 앉아 이야기를 하고 있다. 다 풀린 것 같다.

윤오 왔니, 효은이가 먼저 내게 손을 흔든다. 나원이가 돌아본다. 웃음과 이해 사이의 어떤 표정. 오데뜨가 주방에서 고개를 내민다. 내게 뭐라고 말한다. 여기, 카페. 이 사람들. 내가 거짓으로, 막으로 거리를 두고 싶지 않은 사람들.

나원이는 시를 썼다. 나는 이야기를 하려 한다. 처음으로, 처음부터 떠올려 본다. 말해야 할 것을 하지 않는 것도 거짓이기 때문에. 산산조각이 나는 한이 있더라도, 시작한다. 나는 이야기를 하면서 깨닫는다.

이런 일이었구나. 이런 이야기였구나. 이렇게 생각했던 것이었구나.

누군가 들어 주고 나는 듣고 있는 누군가에게 말할 수도 있는 것이었구나.

"전학 오기 전에, 옛날 학교에서, 어떤 애가 죽을 뻔한 적이 있었어. 나 때문에."

"……어떻게?"

"의자로 두들겨 팼어."

내 목소리가 내 목소리 같지 않아서 흠칫 놀랐다. 누구 한 사람이라도 그만, 됐어, 라고 말했다면 난 거기서 멈추었을 것이다. 하지만 모두는 나를 기다렸고 나는 끝까지 가야 했다. 나는 두서없이 나오는 대로 말하기 시작했다. 이야기를 해야만 했다. 아무도 묻지 않아도, 대답해야만 했다.

"그저 그런 날라리 같은 애였는데, 되게 명랑한 애였고. 그냥…… 말도 거칠고 애들도 별로 안 좋아했는데 좀 착하기도 했었고. 다른 애들은 잘 몰랐던 것 같지만.

나랑 친구가 되고 싶었던 것 같은데, 난 별로였거든. 자기 친한 애들하고 같이 날 좀 괴롭혀 보려고 했어. 별 다른 건 아니었어. 실내화 숨기고 그런 거, 애 같은 짓. 반 애들도 별로 호응을 안 했었고. 나, 다른 애들하고는 별 문제 없었거든. 그러니 걔가 제풀에 지쳤으면 아무 일도 없던 것처럼 되었을 텐데.

정 안 되니까, 하루는 가방이랑 속에 든 것들을 쓰레기통에 넣고 그 위에 걸레 빤 물을 부었어. 책이랑 공책이랑, 그런 게 있었는데. 아끼던 노트와 가죽 필통이 있었고."

생각해 보면 아무것도 아니었다. 그런 건 가다가 쓰레기통에 버릴 수도 있었다. 잠깐 아까워했겠지만 또 금세 잊었을 것이다. 아주 간단하게.

하지만 그때는.

정신이 나갔던 것 같다. 의자가 무거운 줄도 몰랐다. 아이들은 말릴 생각도 못 했다. 퍽, 의자 다리가 푹신하고도 딱딱한 것을 후려치는 둔탁한 소리. 책상 사이로 그 애가 쓰러졌다. 책상 몇 개가 넘어졌다. 큰 소리가 났던 것 같다. 아무 소리도 안 들렸다. 퍽, 사람 살이 뭉개지는 소리 말고는. 한 번 더, 쓰러진 애 위로 의자를 내리쳤다. 피가 튀고 아이들이 비명을 실렀다. 의자가 넘어진 책상 다리에 걸려 빠지지 않자, 그제야 용기를 낸 아이들이 내 팔을 잡았다. 그만 해, 김윤오, 그만, 죽겠어.

정말로 난 그 애를 죽일 수도 있었다.

비명 소리를 듣고 청소하던 다른 반 아이들과 선생들이 달려오고, 나는 의자를 놓고 돌아서서 쓰레기통에서 가방을 꺼내고 젖은 책과 공책과 필통을 꺼냈다. 소름 끼치게 비릿하고 시큼한 냄새. 피 냄새. 축축하고 선명한 냄새.

나는 뒤에서 옆 반 선생이 구급차를 부르고, 담임이 정신을 잃은 아이를 업고 뛰어 내려가고, 청소하던 아이들이 바닥을 닦고 의자를 정돈할 동안 휴지로 책과 공책을 닦았다. 아직은 새 책. 새 공책. 모든 것이 막 시작되었던 삼월. 모든 것이 순간에 망쳐졌던 삼월.

"아무도 나한테 뭐라고 하지 않았어. 나는 투명인간이 된 것 같았어. 왜 그랬냐고, 어떻게 하냐고, 그런 말도, 아무도 하지 않고."

가방 정리를 끝내고 기다렸지만, 그 누구도 나를 부르지 않았다. 교무실에 내려가 보니 담임은 병원에 갔다고 했다. 나는 아무 일도 없었던 것처럼 집으로 갔다. 집으로 가는 길에, 생각했다.

난 정말로 그 애를 죽일 수도 있었어. 종이쪼가리와 가방 때문에, 난 사람을 죽일 수도 있었어.

구토가 났다. 가방에서 심한 냄새가 났다. 가방을 버려야 하는데. 그냥 두면 안 돼. 내 손까지, 팔까지, 몸까지 썩어 버릴 거야.

나는 발길을 돌려 큰길로 나와 버스를 타고, 강까지 왔다. 버스는 다리를 지나서 섰다. 되짚어 걸어 다리 중간까지 왔을 때는, 노을이 서쪽 하늘을 가득 메우고 있었다. 지독하게 붉다. 나는 아무렇지도 않았다. 내 마음은, 조금도 흔들리지 않은 것 같았다. 어떻게, 그럴 수가. 난 인간도 아니야. 그 생각조차 아무렇지 않았다.

노을에서 피 냄새가 풍겼다. 나는 가방을 집어 들어 다리 아래로 던졌다. 가방은 생각보다 천천히 떨어져 내려 강물에 빠졌다.

핸드폰과 지갑과 버스카드까지도 가방에 들어 있다는 사실을 깨달은 건 노을이 어둠에 묻히고 추워졌을 때였다.

"집까지 걸어갔다. 두 시간, 좀 더. 담임이 엄마한테 연락을 한 것 같았는데, 아무렇지도 않은 얼굴로 들어가니 엄마도 아무렇지 않게 대하더라. 집에 일찍 와 있던 오빠도. 아무것도 묻지 않았어. 가방에 대해서도, 핸드폰에 대해서도. 없어졌다고만 했는데. 아마 담임이 말을 했겠지. 담임은 아이들한테서 얘기를 들었겠지. 무슨 얘기였는지는 아직도 모르지만, 모두들, 나에겐 아무 잘못이 없다고만."

다음 날에는 학교를 가지 않았다. 열이 나고 아팠다. 오빠가 서점에 가서 없어진 교과서를 사 왔다. 엄마는 가방을 사 왔다. 그 다음 날, 새 교과서를 넣은 새 가방을 메고 학교에 갔을 때는 모든 게 정리된 뒤였다.

그 애는 학교에 없었다. 전치 삼 주가 나왔다고, 언뜻 들은 것 같았다. 담임은 나에게 미안하다고 했다. 윤오가 그런 일 겪고 있는 줄 선생님은 몰랐어. 미안하구나. 힘들었지. 나는 담임 손목에 채워진 시계만 눈이 아프도록 노려보았다. 시계가 고장 난 것 같았다. 시계바늘이 너무 천천히 움직였다. 내가 잘못 들었겠지. 어떻게, 내가, 미안하다는 소리를 들을 수가 있지. 난 사람을 죽일 뻔했는데. 쿵, 누가 뭉툭한 나무 몽둥이로 내리친 것처럼 머리가 아파 오기 시작했다.

눈에 박히는 빈 자리. 혼자 앉아야 하는 그 애의 짝. 그 애는 삼주 후에도 학교에 나오지 않았다. 자퇴했다고 했다. 부모님이 이혼해서 고모하고 같이 살았는데, 고모도 손을 놨다고 했다. 내가 아는 건 없었다. 엄마가 치료비를 주었을 것 같았다. 그 애의 친구들은 조용해졌다. 나도 조용해졌다. 그거 말고는 달라진 게 없었다.

아무도 그 애의 이야기는 하지 않았다. 마치 처음부터 그런 애는 없었던 것처럼.

나도 모두에게 장단을 맞추어 아무 일도 없었던 것처럼 학교를 다녔다. 새 가방을 메고, 새로운 교과서에, 핸드폰은 없고, 두통을 머리에 이고.

막으로 덮인 기분. 끈적하고 질긴, 투명한 막에 덮여 눈은 흐리고 귀는 먹먹했다. 그 누구의 손도 잡지 않았고 어깨를 기대지도 않았다. 이해할 수 없었다. 세상과 사람들의 반응을 어떻게 받아들여야 할지 몰랐다.

봄날의 시간은 길고 무거웠다. 닥치는 대로 책을 읽었다. 책 속에 들어가 그 안에서 살 수 있기를 늘 바라면서, 여기를 떠날 수 있기를 간절히 원하면서 책을 읽었다. 책 안은 모든 게 분명한 세상. 모든 게 확실하고 질서가 잡힌 세계. 처음이 있고, 끝이 있 는 곳.

얼마 후에 엄마는 이사를 가기로 결정했다. 오빠 학교도 멀고 그러니까. 엄마 학교도 내년이면 옮기고. 지금이 이사하기 딱 좋은 때야. 윤오야, 전학 가야겠다. 괜찮겠지.

"그 일이 있고 한 달 반 뒤에 전학을 갔어. 그 동안 어떻게 학교를 다녔는지 모르겠어. 누구하고도 눈을 마주치지 않으려고 했고 말을 하지 않으려고 했어. 아무 생각도 안 하려고 했어. 내가, 어떻게 될지 모르니까."

머리를 짧게 자르고, 새 교복을 입고. 그러면 다시 시작할 수 있는 것인가. 나는 새로 시작할 마음조차 없었다. 생각도 들지 않 았다.

그 일이 있기 전에는, 고등학교도 중학교처럼 그런대로 잘

굴러갈 것이라고 생각했다. 학교가 진저리나게 싫은 건 아니었다. 지겨웠어도 학교는 다니는 것이고 선생들은 만나야 하고 수십 명의 아이들과 좁은 교실에 나란히 앉아야 하는 거니까. 그 일만 없었다면, 그렇게 학교를 다니고 수능을 보고 졸업을 했을 것이다. 즐거운 일도 짜증나는 일도 재밌는 일도 화나는 일도 있었을 것 이다.

그렇다면 도대체 왜.

이상한 일이지, 아무도 내게 묻지 않았다. 왜 그랬니, 그럼 안 되는 건데, 그렇게도 말하지 않았다. 사람들은 늘 자기 생각대로 판단하고 행동한다. 별로 판단이 잘 안 되는 사람은 빨리 판단을 내린 사람을 따라간다. 누구도 객관적이지 않다. 김윤오가 피해자야, 그렇게 내려진 결론.

오랫동안 스스로도 질문을 하지 못했다. 나는 왜 그랬을까. 그냥 어렴풋이 알고 있었다. 내 안의 괴물. 어쩌면 모든 사람 안에 있을. 그것은 내 안에도 있고 나원이 안에도, 효은이와 오데뜨와 제영군 안에도 있을 것이다. 다른 사람들은 어떻게 그것을 다스리며 아무렇지도 않은 듯 살 수 있는 것일까. 나는 생각하지 않으려고 했다. 숨을 참고, 다른 것을 떠올려. 손의 느낌을 지워. 제발. 그 냄새도.

"난, 누가 말해 줬음 좋겠어. 정신을 차리라고, 나한테, 모두한테 말해 주는 사람이 있었으면 좋겠어. 이런 건 아무리 말하고 물어 봤자 답이 나오지 않아. 진짜로 궁금한 건 누구도 대답을 안 해줘. 누구도 바로잡으려고 하지 않았어."

목소리가 갈라졌다. 말을 오래 해서 입 안이 말랐다.

"선생들은, 애들은, 엄마는 왜 그랬던 거지? 알고는 있어, 날 위하는 거라고 하면서, 날 봐 주고 눈감아 준다고 했겠지. 내 편을 들었지. 하지만 그게 맞는 게 아닌데. 그렇게 되면 안 되는 건데."

효은아, 나는 네 아버지랑 다를 게 없어. 그렇게 말하고 싶었다. 내가 바로 그런 사람인 거야. 나는 네 옆에 설 자격이 없는데. 네가 날 그렇게 좋게 봐 줄 이유 따윈 없는 건데. 효은이가, 나원이가 나를 경멸한다고 해도 나는 할 말이 없었다.

나는 말 속에 빠져 죽을 것처럼 말을 하고 또 했다. 그때 효은이가 내 손에 손을 얹었다. 부드럽고 따뜻한 촉감. 다른 사람의 체온이 줄 수 있는 모든 것이 그 손에서 흘러나왔다.

"나는……"

나는 더 이상 말을 잇지 못했다. 효은이가 손에 힘을 주었기 때문이었다. 이제 그만, 되었어, 라고 말하듯이.

나는 다 이야기했다. 그럼 이제 된 것일까? 이제 거짓말을 하지 않게 된 것일까. 똑바로 바라보아도 되는 것인가. 쉬어도, 숨지 않아도 될까.

하지만 끝이 아니었다.

"그래서, 그 아이에게 사과했니?"

가만히 듣고 있던 오데뜨가 물었다. 한 대 얻어맞은 것처럼 머리가 하얗게 비었다. 생각도 하지 못한 말이었다. 나는 되물었다.

"뭐라고요?"

"사과했니? 잘못했다고, 미안하다고."

갑자기 뭔가 치밀어 올랐다. 왜 그렇게 말하는 거야.

"그 뒤론 본 적 없어요."

나는 씹어 삼키듯 말을 했다. 이를 악물고서. 말을 하는 게 너무 구차하게 느껴졌다.

"사과해야 했어. 지금이라도 찾아가서 용서를 빌어."

"그 앤, 날 보고 싶어 하지 않을 거예요. 다른 사람은 몰라요."

"누군가 말해 주길, 바로잡아 주길 바란다고 했지, 윤오. 네가 용서를 구해야 할 사람은 바로 그 아이야. 네가 어떻게 생각하고 있는지, 그 아이는 모르고 있을 거 아냐."

그렇다. 그렇게 말했다. 하지만 곧바로 이렇게 말을 듣게 될 줄은 몰랐다. 오데뜨는 이야기를 계속했다.

"돌이킬 수 없다면, 받아들이고 마무리를 지어. 더 이상 그것에 끌려 다니지 않도록."

얼굴이 딱딱하게 굳어지는 것이 느껴졌다. 오데뜨의 말은 귀로 들어오는 게 아니라, 둥둥 떠다녔다. 나와는 상관없는 이야기인 것처럼. 이야기를 할 때에도 흐르지 않던 눈물이 눈에 고이는 것이 느껴졌다. 이건 아니야. 실수를 했어. 이렇게 다 말하지 말 걸 그랬어.

내가 얼마나 힘들게 말을 했는데, 털어놓았는데, 어떻게 이럴 수가 있어. 오데뜨가 다시 내 이름을 불렀다. 칼날처럼 박히는 목소리.

"윤오."

"오데뜨, 그만 해요."

나원이인지 효은이인지가 끼어들었다. 오데뜨가 물러섰다.

"그래, 그래."

아무것도 들리지 않는다. 보이지 않는다. 어떻게 카페를 나와서 집까지 왔는지도 모르겠다. 효은이가 말했다, 오데뜨는 나에게 제대로 충고하고 싶었던 거라고. 그래. 그래, 알아. 하지만.

13

해야 하는 일

"안녕하세요."

오데뜨가 있었다. 오데뜨도 내게 인사했다. 아무 일도 없었던 것 같다. 어제 일은 몇 달은 된 것처럼 아득하게 느껴졌다.

일요일 오후, 나는 카페에 왔다. 밤 내내 어지러운 꿈 사이를 오갔다. 아침에 눈을 뜨니 멀미가 날 듯 속이 메슥거렸다.

그래서 나는 카페에 왔다. 풀다 만 문제가 여기 있다. 와서 뭘 어떻게 하겠다는 생각은 조금도 떠오르지 않았지만 그냥 발걸음이 옮겨졌다.

"왔어?"

가리개 뒤에서 나원이가 손짓했다.

"뭐 해?"

"책 읽어."

"밖에 눈 온다."

"정말?"

"딱 십이월 같아."

나는 우리의 자리로 갔다. 나원이는 『잃어버린 시간을 찾아서』를 읽고 있었다. 네 번째 권. 나는 아직 세 번째 권을 다 읽지 못하고 덮어 두었다.

나원이가 말했다.

"이거 올해 안으로 다 읽기는 정말 틀렸다."

"정말."

"우리 계획을 바꾸자. 스무 살이 되기 전에 다 읽기로."

"스물까지는 읽겠지."

말하고 나니 이상한 기분이 들었다. 스물. 멀고도 먼 나이. 하지만 고작 이 년 조금 넘게 남았을 뿐이다. 팔백 일이 지나면 스무 살이 된다. 자고 깨면 다음 날이듯 쉽게 다가올 것도 같은 나이.

"상상이 안 돼. 스물이면 어떤 모습일지."

"똑같을걸."

나원이는 느릿하게 대꾸했다. 나는 고개를 저었다.

"그럼 너무 싫을 거야."

하지만, 말하면서도 나는 나원이의 말처럼 될 것을 알고 있었다. 똑같을 것이다. 스물은, 이렇듯 혼란스럽고 약한 지금과 같을 것이었다. 나는 나원이의 앞자리에 앉아 문제집을 꺼냈다. 기말고사 성적은 적어도 일학기 성적으로는 올려놓아야 하는데.

그냥 앉아만 있다가 나는 창고에 들어갔다. 나원이는 말없이 책만 읽었다. 나는 창고 문을 닫지는 않았다. 마음 없이 책을 뒤적이는데, 인기척. 옆에 오데뜨가 와 있었다. 가슴이 살짝 조이는 느낌. 그래, 이렇게 오데뜨를 만나러 여기에 온 거다.

"그 책들이 마음에 드니?"

"그냥요."

오데뜨는 창고 문에 기대고 앉았다. 창고는 두 사람이 들어와 앉기에는 좁다. 나원이는 기지개를 켜며 일어나 가리개 밖으로 나갔다. 둘이서 이야기하도록 마음을 써 주듯.

오데뜨는 상자들을 바라보았다. 그러다가, 뜬금없이 말을 꺼냈다.

"보호막이 없거나 얇은 사람들이 있어. 그 사람이 뭘 원하는지 잘 보이게 되지. 그런 상태를 순진하다고 하는 걸 거야. 그건 약점이기도 하지만, 그런 모습이라면 그에게 무엇이 필요한지 알고 해줄 수 있어. 필요한 것들을 받을 수 있는 상태인 거야. 보호막이 없다는 것은."

오데뜨는 말을 끊었다.

"그런 사람이었어."

스완?

"그래서 보기 좋았고, 사랑스러웠고 그래서, 나는 그 사람을 질투했어."

"왜요?"

"나는 절대 내 속을 내보일 수가 없는데, 드러내는 것을 두려워하는데, 그 사람은 너무 자연스럽고 자유로워 보였으니까. 부러워했지. 위험하다고 느꼈어. 나는 절대로 그 사람처럼은 할 수 없을 거라고. 그러다간 상처를 받게 될 거라고. 이렇게 말하면 웃길지도 모르겠는데. 너무 어렸었지."

오데뜨가 어려서 그렇다, 나이 들어서 그렇다, 라고 말하는 것은 처음이었다. 다른 어른들이 그 말을 할 때와는 달랐다.

"나중에야 알았지. 내게만 방어막을 풀었던 사람이었던 거야. 내 앞에서만. 난 그걸 잘 몰랐어. 줄 수 있는 것들을 주지 않았어. 이해하지 못했어. 지금이라면 다를 텐데. 그와 함께 있을 때는 보지 못했던 것들이 보이니까. 상처 받을까 봐, 아무것도 못하지는 않을 텐데."

오데뜨는 말을 멈추고 내가 손에 들고 있는 책을 보았다. 『유리알 유희』. 헤르만 헤세. 오데뜨는 웃었다. 평소처럼 날카롭지 않고, 아득한 느낌의 웃음이었다.

"그 사람다운 책이네."

나는 책을 내밀었지만 오데뜨는 받지 않고 고개를 저었다.

"윤오 네가 그 이야기를 했을 때."

오데뜨는 말을 끊었다.

"내가 제일 먼저 느낀 게 뭔지 알아? 또, 위험하다라는 느낌. 네게도, 내게도. 네가 그렇게 자신을 내보였는데, 내가 맞게 행동하지 못하면 어쩌나 두려웠어. 해야 할 말을 하지 못할까 봐 겁이 났어. 하지만 그러다가 맞는 말을 하지 못해서 네가 말한 것을 후회하게 만든다면 어쩌지, 무서웠어. 말을 하는 것도, 하지 않는 것도 어려웠어. 결국, 나 잘못한 거지?"

"아니에요."

목이 멘다. 오데뜨가 가장 진실되게, 거짓 없이 말하려 노력한다는 것을 알 수 있다. 나를 진짜 한 사람의 상대로 대해 준다는 것을 안다. 정말, 어쩔 줄 몰라 한다는 것을 안다. 알고 있다. 오데뜨가 잘못한 것은 없어요. 내가 잘못한 거죠. 우리는 서로에게 주지 않은 상처들도 받곤 하잖아요.

"지금은, 그렇게 생각해. 나도 그 앞에서 그럴 것을. 단 한 번이라도 방어하지 말고 그가 내게 했던 것처럼 나 자신을 열어 보일 것을. 어떤 결과가 나올지 따지지 말고 그가 뭔가 해주리라 믿으며, 아니, 그 조차도 계산하지 말고 그래 볼 것을. 그랬다면 그는, 내가 그를 이해하려 애쓴다는 것을 알았을지도 모르는데."

오데뜨는 고개를 젖혀 문틀에 기대었다. 중얼거림.

"한 번도 내가 먼저 손을 내밀지 못했던 것이, 가장 후회되는 거야."

나는 아무 말도 하지 못하고, 오데뜨는 기다리듯 침묵하다가 자리에서 일어났다. 그리고 다시 쪼그리고 앉아 나를 보았다. 내게 기회를 주듯이, 들어 주겠다는 듯이. 무슨 말을 해도 오데뜨는 진지하게 생각하고, 대답할 것이다. 제대로 된 반응을 해 줄 것이다. 믿을 수 있다. 그래서 나는 말했다.

"고맙습니다."

오데뜨는 웃었다. 다시 돌아온 여전한 미소. 예민하고 강하고 날카로워 베일 것 같은 웃음.

언제나 누군가 먼저 내게 왔다. 내 손을 잡아끌어 새로운 것을 보게 해주었다. 이제는 내가 먼저 나아가야 할 때. 오데뜨의 말처럼, 단 한 번이라도.

미안하다고, 내가 잘못한 거라고 바로 그 아이에게 이야기해야 한다는 것을 왜 깨닫지 못했을까. 아니다, 모른 척했다. 사실은요, 오데뜨. 정말 잊고 싶었어요. 생각 안 하고 싶었어요.

이런 상처도 정말 아름답게 아물 수 있을까? 해 보지 않으면 알 수 없다.

나는 중학교 앨범을 가지고 전화기 앞에 앉았다. 십이월의 흐린 저녁 햇빛은 벌써 줄어들어 가난하고 또 가난했다. 오빠는 어디론가 나갔고 엄마는 시장에 갔다. 혼자 있을 수 있는 시간은 길지 않았는데도, 선뜻 앨범을 펴지 못했다.

중학교 앨범. 졸업한 게 일 년도 되지 않았는데 까마득했다. 그 모든 일이 올해 일어났다는 게 믿어지지 않았다. 시간은 절대 시계바늘처럼 흐르지는 않는다.

그때 같은 반이었던 아이들의 연락처가 있는 핸드폰은 한강에 수장된 지 오래였고 따로 적어 둔 연락처도 없었다. 나는 앨범 뒤 주소록 명단에서 내가 아는 아이들 중 그 고등학교에 간 애들을 찾아 전화를 걸었다.

첫 번째 전화. 친구 만나러 나갔다고 했다. 두 번째 전화. 아무도 받지 않았다. 세 번째 전화. 역시 아무도 없다. 조금씩 초조해졌다. 누구든 좋아. 전화를 받아 줘. 네 번째 전화. 밖에 나갔다고 했다. 전화를 끊으려는데 두터운 목소리의 여자가 핸드폰으로 걸어 보지 그러느냐고 말했다. 번호를 모르는데요. 여자는 선뜻 번호를 알려 주었다.

번호를 적고 전화를 끊자마자 초인종이 울렸다.

밖에 춥더라, 내일은 코트 꼭 입고 가야겠다. 엄마는 아무 일도 없었다는 듯이 나를 대하기로 결심했다. 사춘기, 어쩔 도리가 없는 때. 아빠가 곁에 없어서 애가 이렇게 불안정한 건가, 그렇게 생각하고 있는지도 모른다. 어쨌든 세상 모든 엄마들은 딸을 참아야만 할 때가 있으니까. 나는 마음 깊이 고마움을 느꼈다. 내가 수그리고 들어가면 당장에 엄마가 기선을 잡으려 할지도 모른다는 예상 때문에 여전히 퉁명스럽게 굴기는 했어도 엄마가 보통 때처럼 웃어 주는 것이 너무 고맙기만 했다. 감사했다. 때론 벗어 던지고 싶지만 편안하기 그지없는 낡은 옷 같은, 이렇게 늘 하던 대로 나를 대해 주는 가족이 있다는 것에.

나는 야자가 시작되기 직전에 학교 공중전화에서 전화를 걸었다. 여름에는 저녁을 먹고 야자를 하러 가기까지 너무 밝았는데 이제는 한밤처럼 어둡다. 겨울 별자리들. 끊어질 듯 가늘게 이어지는 빛.

아, 걔? 걔 입학하자마자 자퇴했잖아.

내 전화를 낯설지 않게 받은 중학교 동창은 하품을 하며 대답했다. 그 아이가 왜 자퇴를 했는지, 나와 그 아이가 어떻게 얽힌 것인지는 모르는 것 같았다. 누구나 다 알고 있을 거라고 생각했는데, 지나치게 의식했던 걸까.

지금은 뭐 하는지 알아?

글쎄? 왜? 걔랑 친했니? 별로 안 그럴 것 같은데?

친한 건 아니고, 뭣 좀 물어 볼 게 있는데……

뭘?

아니, 물어 보는 게 아니라 내가 할 말이 좀 있어.

웃긴다, 야. 나 연락처는 몰라. 근데 걔는 갈 데까지 갔다던데.

뭐?

일한대.

무슨 일?

있잖아, 그런 일. 학생이라고 뻥까고 원조한다는 얘기도 어디서 들었는데, 잘 모르겠다. 하여튼 그렇대. 네가 별로 볼 일은 없을 거 같은데.

……그럼, 걔를 아는 애, 좀 친한 애 중에 네가 아는 애는 없어?

나 요즘 공부만 하잖아. 몰라.

그래도.

음…… 저기, 그래, 누가 봤다고 했다. 어디냐면…… 어디지? 나도 잘 모르는 데라서…… 청량리는 아니고…… 화양리던가? 그런 데가 있긴 하지? 어쨌든 그래.

동창은 즐겁다는 듯이 이야기를 했다. 심심풀이 땅콩, 오징어를 씹듯. 자기를 절대 상처 입힐 수 없는 이야기를 하는 것은 얼마나 부담 없이 재미난 것인지. 그 말 한 마디 한 마디가 박혀 부러진 칼날처럼 내 안을 쑤시고 다니는 것 같았다. 그만 전화를 끊고 싶었다.

어떡할까, 딴 애들한테 좀 물어 볼까?

집 전화번호를 가르쳐 주고 전화를 끊었다. 아주 힘든 일을 하고 난 것처럼 손끝에서 힘이 빠졌다. 나는 전화기 옆에 머리를 기대었다. 예비종이 울렸다. 창 너머로, 운동장에 있던 아이들이 와르르 건물로 뛰어오는 것이 보였다. 그냥 다 똑같은 아이들. 똑같은 교복, 비슷한 머리 모양.

한두 명 길을 잃어도 모두들 어쩔 수 없다고 하겠지. 나머지들은 길을 잃지 않았으니 되었다고 하면서. 길을 잃은 아이들은 어떻게 미로를 벗어날까. 어딘가에 다른 사람들은 모르는 앨리스의 구멍이라도 있는 것일까. 그렇게 해서 도착한 이상한 나라가 좋은 곳이라면 좋을 텐데. 하지만.

기말고사가 시작되었다. 첫날, 집에 오는 길 중간에 버스에서 내렸다. 정거장 바로 직전에 버튼을 눌렀더니 운전기사 아저씨가 투덜대었다.

한 번도 내린 적이 없는, 가 본 적 없는 동네였다. 적당히 낡고 적당히 지저분한 보통 거리. 그 곳에 그런 가게들이 있다는 것은 알고 있었다. 해가 지면 간판에 불이 들어오고 문이 열려 붉은 조명의 실내가 들여다보이는 곳. 조명 때문에 붉게 보이는 여자들이 문가에 기대어 있고. 그런 가게와 그런 여자들은 세상에는 없는 곳, 없는 사람들 같았다. 봐서도 안 될 것 같은 느낌이었다.

정류장에 내려 그쪽으로 걸었다. 저 앞에 간판들이 보이기 시작했다. 아직 새하얗게 밝은 오후, 문들은 모두 닫혀 있었다. 창문도 없는 가게들. 모두가 알면서도 모른 척하는 곳. 갑자기 문이 열리고 아는 얼굴이 보일까 봐 겁을 먹고 있었던 것 같다. 만일 그 곳에 그 아이가 있다면. 생각하는 것만으로도 숨이 막혔다.

왜 세상에 거리낌이라는 말이 존재해야 할까. 이렇게 말하지 못하고 듣지 못하면서 걸어야 하는 거리가 왜 있어야 할까.

그 앞을 지나쳐 한 정거장을 걸어가 다시 버스를 타고, 집까지 가는 동안 나는 줄곧 멀미를 했다.

집에 왔더니 동창에게서 전화가 왔었다고 했다. 엄마는 나에게 전화가 왔다는 사실에 약간 흥분해 있었다. 이제 진짜 윤오가 정상이 되었구나, 이렇게 생각했을지도 모른다. 나는 엄마가 없을 때 전화를 걸고 싶었지만 엄마는 빨리 전화를 하라고 난리였다. 거실 전화기를 쓰고 싶지 않아서 오빠 핸드폰을 빌려 방에서 전화를 걸었다. 동창은 반갑게 전화를 받았다.

걔 뭐 하는지 알았어. 우리 반에 걔를 아는 애가 있더라?

감당할 수 없는 밝은 목소리.

그래?

내 목소리는 차갑게 들렸다. 마치 귀찮은 전화를 받고 있기라도 한 듯이. 하지만 동창은 아랑곳하지 않고 신나게 정보를 늘어놓 았다.

같이 알바한대. 근데 버거킹이야. 의외지 않냐? 소문은 험하더니만. 나름 열심히 살고 있단다. 검정고시를 봤대나, 준비한대나. 하여간 애들이 떠들고 다니는 건 믿을 게 못 돼요. 거기가 어디냐면, 너도 알 텐데? 거기 백화점 옆에.

그대로 긴장이 풀렸다. 나는 대충 말을 얼버무리고 전화를 끊었다. 침대에 누워서, 나는 내가 얼마나 이기적인가를 다시 생각했다. 죄책감을 조금이라도 덜기 위해 덜 나쁜 소식을 기다렸던 것을. 그래도, 그래서, 다행이었다.

기말고사가 끝나고 방학을 했다. 방학한 다음 날에 이사하고 처음으로 옛 동네에 갔다. 나는 그 동네에서 십오 년을 살았다. 떠올릴 수 있는 모든 기억은 그 곳에서부터 시작되었다. 시간과 공간은 너무 크고 무거워서 손댈 수 없다. 어떤 공간에서 내가 보낸 시간은 절대 지워지지 않는다. 마치 부모를 선택할 수 없고 나라를 선택할 수 없듯이, 어린 시절을 보낸 곳은 운명처럼 주어져 평생 따라다닌다. 그걸 좋은 말로 고향이라고도 하지만.

버스 창으로 고향의 익숙한 건물과 나무들이 나타났다. 날씨는 흐릿하고 무겁게 서늘했다. 겨울의 날들은 잘 나오지 않는 사인펜으로 그어 놓은 것처럼 거칠고 불분명했다.

가장 번화한 사거리는 내가 기억하는 일요일 오후가 늘 그랬듯 사람이 많았다. 네댓 명씩 뭉쳐 시끄럽게 떠들어 대는 어린 여자 애들, 훨씬 수줍고 어쩔 줄 몰라 하는 어린 남자 애들. 거리는 나만 하거나 나보다 어린 애들로 넘쳐났다. 어른들은 잠시 사라져 있기로 약속이라도 한 것 같았다.

나는 사거리 건너에 있는 붉은 간판을 보았다. 나도 수십 번

앉았을 이층 창가에 빼곡히 사람들이 차 있었다. 지나 다니는 사람이 많아 일층 안은 보이지 않았다. 나는 그제야 내가 그 애를 찾아온다는 게 얼마나 이상하고 어색한 일인가를 생각했다. 그전까지는 그것만이 내가 할 수 있는 일인 것 같았는데, 이제나 혼자 이 친숙한 거리에 서 있으려니 해서는 안 될 일을 하는 것 같았다.

내가 떠났는데 그 애가 아직도 그 동네에 머물러 있다는 것도 이치가 맞지 않았다. 오데뜨에게 이야기한다면 오데뜨는 답도 규칙도 없는 게 삶이지, 하고 웃었을지도 모른다.

나는 아무런 결정도 내리지 못하고 그 곳에 서 있었다. 나는 무엇을 할 것인가. 무엇을 할 수 있을 것인가. 해야 하긴 하는 것인가. 웃겨. 네가 이럴 필요는 없어. 그냥 돌아가. 널 아는 사람들이 널 발견하기 전에. 속삭이는 목소리.

도망치고 싶다. 아직은 도망쳐도 좋은 때인지도 몰라. 물러서도 좋을지 몰라. 하지만.

그것 말고 내가 무엇을 더 할 수 있을까. 내 자신이 그 애 앞에 가는 것 말고, 무엇을 더.

버거킹 안은 따뜻하고 느끼한 답답함으로 꽉 차 있었다. 분간이 안 가는 사람 냄새와 고기 냄새.

거기 계산대에 그 아이가 있었다. 노랗게 염색한 머리를 뒤로 묶고 붉고 푸른 야구 모자를 거꾸로 썼다. 말간 얼굴. 약간은 피곤해 보이고, 전보다 마른 것도 같았다. 나는 그 아이에게로 가는 긴 줄 끝에 섰다. 한 걸음, 또 한 걸음. 기다리고, 다시 한 걸음. 덜컹. 무섭다. 떨렸다.

내 차례가 될 때까지 그 아이는 한 번도 고개를 들지 않았다. 내가 계산대 앞에 섰을 때도 그 아이는 흘깃 내 가슴께를 쳐다보고 계산기를 바라보며 똑같은 억양으로 말했다.

"주문 안 하신 분 주문하세요."

"저기……"

그 아이는 고개를 들어 내 얼굴을 보았다. 잠깐, 의아한 얼굴, 그 다음에는 놀라는 얼굴, 그리고 참담한 얼굴.

나는 오지 말았어야 했다고 서둘러 후회한다.

"아."

"안녕."

일요일 오후의 버커킹은 붐비고 내 뒤로도 사람들이 많아서 손님과 점원의 사적인 대화는 용납되기 힘들다. 그 아이는 담담하게 말한다.

"주문, 해야 하는데."

"아, 그래."

나는 그제야 메뉴판을 들여다보지만 아무것도 읽을 수가 없다.

"어, 콜라 하나 하고, 그리고, 저기, 포테이토 작은 거."

그 아이는 내 주문을 반복하고 내가 치러야 할 돈을 말해 준다. 나는 지갑을 쉽게 찾지 못하고, 내 뒤에 선 사람들은 투덜거리기 시작한다. 돈을 찾느라 시간을 보내는 사이, 그 아이는 내가 주문한 콜라와 프렌치프라이를 종이 봉투에 담는다. 가져가겠다는 말은 하지 않았는데도. 여기서 먹을 거냐고 묻지도 않고서. 빨리 가 버리란 소리처럼.

"여기, 돈……"

"잔돈 칠백 원입니다."

그 아이는 콜라와 프렌치프라이가 담긴 봉투와 영수증과 백원짜리 일곱 개를 내 앞으로 밀어놓는다. 내가 잔돈을 손에 쥐자마자 뒤에 서 있던, 이제 참을성을 잃은 사람들이 날 옆으로 밀쳐 낸다. 나는 봉투와 지갑과 잔돈을 쥐고 허둥댄다.

이게 아닌데.

그 아이는 내 쪽은 쳐다보지도 않고 다시 주문을 받고 콜라를 컵에 따르고 케첩을 꺼내고 잔돈을 거슬러 준다. 나의 등장은 잠깐 계획되지 않은 실수라도 되는 듯이, 내가 빠지고 나자 모든 것이 제대로 흘러가는 듯이.

나는 한참을 계산대 앞에 서 있다가 사람들에게 치여서 문까지 밀려 나왔다. 나오기 전에 다시 뒤를 돌아다보았다. 그 아이는 완강하게 고개를 숙이고 있었다.

버거킹 문 앞에 서서, 쫓겨나서, 나는 나와는 아무 상관없는 것처럼 돌아가는 세상을 보았다. 많은 사람들. 말들, 동작들. 나는 저런 사람들 중 하나가 될 수도 있었는데.

죄책감을 가지고도, 행복해지면 안 돼?

잘못한 사람은 더 나빠지는 것 외에, 나아질 방법은 없어?

나는 숨을 크게 들이마셨다. 차갑고 건조한 겨울 공기. 기침이 나왔다.

변명할 때가 아니야. 제발.

시작했으니까, 계속할 수 있다. 지금은 나를 생각할 때가 아니야. 상처 입고 싶지 않다고 말할 때가 아니야.

문을 열고 들어갔다. 따뜻하고 답답한 공기를 마시며. 나는 다시 줄을 서서 기다렸다. 한 사람 두 사람 줄이 짧아지고 나는 그 아이 앞에 섰다. 시선이 내 가슴에 왔다가 황급히 위로 올라왔다. 놀란 얼굴, 당황하는 얼굴. 이제 내가 고개를 숙인다.

"저기……"

"뭐 잘못됐어?"

그 아이는 자기가 담아 준 콜라와 프렌치프라이에 문제가 있을까 봐 긴장하는 것 같았다. 나는 대답대신 결국엔, 말했다.

"미안해."

"……"

계산대 건너편, 그 아이의 동료들이 내 쪽을 힐끔거렸다. 나는 한 번 다시 말했다.

"미안해."

고개를 들 수가 없었다. 얼굴을 볼 수가 없었다. 그 애는 아무 말도 하지 않았다. 나는 그 자리에서, 그렇게, 온몸이 저며지는 기분으로 서 있었다. 사람들이 뒤에서 불평하는 것도, 계산대 뒤의 직원들이 뭐라고 말하는 것도 듣지 않고서. 오직 그 애의 목소리에만 귀를 기울이며.

"가."

그 말이 신호가 된 것처럼 온갖 소음이 들렸다. 나는 더 이상 서 있지 못하고 밀려서 물러났다.

하아. 바깥 공기는 차갑다. 곧 사그라지는 입김. 나는 뒤돌아

유리문 안을 바라보았다. 그 아이는 고개를 숙이고 주문을 받고 있었다. 그리고, 고개를 들고, 나와 눈이 마주쳤다. 아주 짧은 순간. 그 애는 몸을 돌려 주문 받은 버거와 콜라와 케첩을 챙기며 빠르게 움직였다. 나는 좀 더 그 자리에 서 있었다. 그 아이는 다시 고개를 들지 않았다.

나는 봉투를 열어 콜라를 꺼냈다. 차가운 컵을 잡자 손이 시렸다. 얼음이 든 콜라를 한 모금 넘기니 위부터 굳듯이 차가워졌다. 예리한 통증이 머리 꼭대기로 솟았다. 하지만 그건 만성적인 두통과는 달랐다. 어딘가 뚫려 그리로 바람이 통하는 느낌이었다.

아무것도 되돌려 놓을 수는 없다. 그 모든 것은 그 아이에게, 나에게 지워지지 않는 흔적으로 남을 것이다. 돌이킬 수 없는 그대로 받아들일 수만 있다면. 아름답지 않아도 좋으니까, 아물 수만 있다면.

나는 천천히 사거리를 걸어 내려왔다. 아이들은 내 옆으로 지나가고, 나는 아무도 가지 않는 곳을 향해 혼자 걸었다. 달라진 것은 없었다. 그게 다가 아닌 것도 안다. 하지만 적어도 가파른 비탈길을 손댈 수 없을 만치 세차게 굴러가던 돌을 멈춘 것 같은 기분은 들었다. 멈췄어. 낭떠러지에 다다르기 전에. 그건 굉장히 안심이 되는 기분이기도 했다. 나는 차가운 콜라를 억지로 마시면서, 위가 얼어붙는 느낌이 기분 좋다고 생각하면서, 버스 정류장을 향해 걸었다. 나는 카페로 갈 것이었다. 카페에는 오데뜨와 나원이와 효은이와 제영군이 있을 것이다. 따끈한 차가 있고 이제 거의 다 맞춘 퍼즐이 있고 스완의 책들이 있다. 다 나를 기다리고 있을 것이다. 그 곳에서라면, 나는 다시 시작해도 좋았다.

"먹을래? 식었지만."

"웬 감자야?

효은이가 한 개 집어 들었다. 나원이도 손을 내밀었다.

"그래도 먹을 만하다."

"차가운 것도 맛있네."

둘은 맛있게 프렌치프라이를 다 먹어 치웠다. 그 모습을 보다가 나는 말했다.

"나, 다녀왔어."

나원이와 효은이는 나를 바라보았다. 잠깐, 사이를 두고 나원이가 말했다.

"수고했어."

"그래."

내가 말했다.

가리개 너머로 오데뜨가 보였다. 오데뜨도 이쪽을 보고 있다. 오데뜨는 아주 살며시 고개를 끄덕였다. 그래요. 그래요, 오데뜨. 이젠 괜찮아지는 걸까요. 괜찮아질 거라고 바라도 되는 걸까요. 감히, 이제는.

14

이백스물일곱 권의 책과 송년 파티

기말고사 성적이 나왔다. 나는 중간고사 때 떨어진 성적을 도로 올려놓는 것을 넘어 일학기 때보다 약간 더 성적이 좋아졌다. 이것으로 엄마 아빠를 안심시킬 수 있을 것이다. 공부는 모든 것의 척도가 된다. 잘 지내고 있는지, 정상인지, 앞으로 잘 될 것인지 판단을 위한 기준. 이 정도면 보통을 넘었으니 다행이었다.

효은이는 우리 반 일등이었고 전교에서는 오등을 했다.

"진짜 열심히 했나 보다."

"알잖아, 나 열심히 하는 거."

효은이는 당연하다는 듯이 대답했다. 나는 알면서, 일부러 심술궂게 물었다.

"공부가 그렇게 좋아?"

효은이는 똑같이 심술궂게 대답했다.

"그럼, 좋지."

"야."

"정답이라도 있잖아."

"그렇군."

나는 동의했다. 정답이 있으니 외우기만 하면 된다. 그나마 쉽고 단순한 세계. 하지만 쉽고 단순하다고 누구나 다 하고 싶어 하는 건 아니다.

"이제 이 년 남았다."

효은이가 말했다.

"아아."

"별로 멀지는 않지."

"이 년 후면, 뭘 할 건데?"

똑같은 질문을 받으면 할 말이 없을 것이면서도, 나는 효은이에게 물어 봤다. 효은이는 눈을 돌렸다.

"할 수 있는 것을 하겠지."

스무 살이 되면. 대학에 가면. 그럼 우리는 더 많은 일을 할 수 있을까?

"좋을까?"

내가 다시 물었다. 나원이는 똑같을 것이라고 했다.

효은이는 말했다.

“좋겠지.”

“지금보다 더?”

“아니.”

효은이는 웃지 않았다. 지금이 가장 좋다고 말하는 사람 같지 않은 그늘. 해결된 게 아닌 거야? 효은이의 집 이야기를 더 이상 들은 적은 없었다. 물어 보지 않았다. 못했다.

“집에 가?”

효은이가 물었다.

“난 카페 갈 거야.”

“지금?”

“응. 좀 할 일이 있어서.”

“뭔데?”

“비밀.”

“뭐야.”

효은이는 피식 웃고, 때마침 온 버스를 탔다. 같이 갈래, 물어야 했을까. 그리로 가지 말고 나와 함께 가자, 손을 잡아야 했을까.

옛 동네에 다녀오고 나서부터 나는 카페 창고에서 아직 뜯겨지지 않은 상자들을 열어 스완의 책을 한 권씩 꺼내 보고 있었다. 그 사람다운 책이다, 라고 오데뜨가 말하지 않았더라면 상자를 열어 볼 생각은 하지 않았을 것이다. 책의 스완이 아닌, 오데뜨의 스완은 누구냐고, 어떤 사람이냐고 물을 용기가 없는 나는 그렇게나마 스완을 알고 싶었고 오데뜨를 알고 싶었다. 오데뜨는 왜 지금껏 이것들을 열어 보지 않은 것일까? 책 한 권에 그런 표정을 지었으면서도.

그리고 나는 그 책들의 목록을 만들기로 했다. 공책에 책의 제목, 작가, 번역자, 출판사와 발행일을 적었다. 오빠의 노트북을 빌려 올까도 생각했지만 그냥 손으로 썼다. 목록 만들기는 퍼즐을 맞추는 것과 비슷하다. 한 권씩 상자 속의 책을 꺼내 본다. 그 한 권들이 모이면 큰 그림이 보이듯 전체를 읽어 낼 수 있을 것 같 았다.

창고에서 목록을 쓰고 있으면 문득 그 애의 얼굴이, 표정이, 기억이 떠올랐다. 나는 펜을 떨어뜨리고 공책을 놓쳤다. 다시 길을 잃은 기분. 그래도 나는 숨을 크게 쉬고, 기억하려 애썼다.

도망가지 않아. 그 기억이 나를 먹어 치우게 내버려 두진 않아. 온몸이 갈라지는 느낌일지라도 나는 잊지 않을 거야. 나는 다시 목록으로 돌아간다. 스완의 책들은 내 손이 닿자 온기를 되찾는다. 그렇게 나를 위로하는 책들. 마치 지금의 나를 위해 스완이 이 책들을 두고 가기라도 한 것처럼.

스완의 책들 중에는 사진집이 많았다. 외국 책이 대부분이었다. 그리고 나머지는 주로 소설이었다. 내가 좋아하는 책들을 발견하면 반가웠다. 스완이 어떤 사람인지 알 수 있을 것 같기도 했다. 나는 스완을 상상해 보았다. 스완은……

"윤오, 뭐 해?"

나는 공책을 등 뒤로 숨겼다. 곧 카페 '잃어버린 시간을 찾아서'의 송년 파티 날이었고 그때 오데뜨에게 이 목록을 선물로 줄 생각이었다. 이런 책들이던 걸요, 시치미를 떼고서, 건네주고 싶었다. 내가 알아차리지 못하는 이 책들의 의미를 오데뜨는 읽어 낼 수 있을 것 같았다.

"그냥. 무슨 책 있나 보는 거예요. 다시 정리해 놓을게요."

"이런 책이 다 있었네."

오데뜨는 창고 문가에 앉아 상자 위에 놓인 책을 집어 들었다. 외국의 사진집이었다.

"아는 책이에요?"

"응. 좋아하는 작간데."

오데뜨는 책을 몇 장 넘겼다. 웃음과 비슷하지만 읽을 수 없는 표정. 봐, 또 저런 얼굴을 하잖아.

"그럼 가져가요. 어차피 오데뜨 책이나 마찬가지잖아요."

"아니야. 그냥 두는 게 낫겠어."

오데뜨는 책을 덮고 상자에 넣었다. 역시 알 수 없었다. 왜 그냥 가져다가 보지 않지? 왜 상자를 열어 보지 않고 남겨진 스완의 흔적들을 읽으려 하지 않는 거지? 나는 그렇게 물어 볼 수도 없었다. 오데뜨는 거의 모든 것을 열어 보여 주었으니까, 억지로 더 열어 달라고 떼를 쓰고 싶진 않았다. 물어 보았다면, 오데뜨는 정말 진지하게 답해 주었겠지만. 오데뜨는 일어나다 말고, 갑자기 내게 손을 내밀었다.

"네?"

"악수."

나는 오데뜨의 손을 잡았다. 차가웠다.

"손이 차요."

"그러게."

나는 입 속으로 중얼거렸다. 고마워요. 지금은 더 묻지 않을 거예요. 앞으로 차근차근, 하나씩 물어 볼 테니까. 언젠간 스완에 대해서도 다 들려 줄 거라고 믿으니까.

송년 파티 날은 맑고 차가웠다. 높은 담에 가려 햇볕이 잘 들지 않는 골목길, 쌓인 눈은 녹지 않고 얼어붙어 밟으면 뽀드득 소리를 내며 무너져 내렸다.

나원이와 효은이와 나는 일찍 와서 파티 준비를 도왔다. 오데뜨의 친구들도 몇 명 와서 음식을 만들었다. 우리는 보라색과 초록색 리본으로 초를 묶어 장식을 했다. 남은 리본으로는 벽에 달 매듭 장식을 만들었다. 제영군은 벽과 천장을 같은 색깔의 천으로 덮었다. 나원이는 매듭 지은 리본을 들고 의자에 올랐고 효은이는 아래로, 옆으로, 방향을 불렀다. 나원이는 요령 있게 리본을 벽과 기둥에 달았다.

리본을 다 달고 나서, 의자에 올라선 채로 나원이가 손바닥을 마주쳤다.

"자, 프루스트 클럽, 우리 할 일이 있어."

"뭔데?"

나원이는 의자에서 가볍게 뛰어내리더니 가리개 뒤로 달려가서 나와 효은이를 불렀다.

"이쪽으로 와! 이거 해야지!"

"우와, 정말로 마지막인 거야?"

지그소 퍼즐은 다 맞추어져 딱 한 조각만이 남아 있었다. 노란 들판, 왼쪽 언저리의 한 조각. 일부러 빼놓은 것처럼 보였다. 나원이는 내가 퍼즐 주인이니까 내가 마지막 조각을 맞춰야 한다고 했다. 나는 퍼즐 조각을 집었다.

"멋지게 좀 해 봐. 사진 찍게."

효은이가 오데뜨의 카메라를 들이대었다.

"그럼 나 안 해."

"알았어, 안 찍을게."

효은이는 투덜대면서 카메라를 내려놓았다. 나는 다시 조각을 집어 눈앞에 대고 보았다. 의미를 알 수 없는 노란색. 푸르고 검은 붓질의 흔적이 상처처럼 남았다. 어디에나 갈 수 있을 것 같았던 퍼즐 조각. 하지만 맞춰지지 않으면 어떤 것도 될 수 없는 것이겠지. 테두리 밖의 조각, 나조차도 이렇게 누군가와 맞춰졌을 때에야 사는 것 같아졌다. 어깨를 걸고 서로의 빈 자리를 메우며 이어져 있을 때. 지금처럼. 갈라진 틈새가 완벽히 이어지지 않더라도 그것이 더 아름다울 수 있다. 흉터가 아름다울 수도 있듯이.

"와아!"

모두 박수를 쳤다. 나원이는 액자틀과 투명한 플라스틱 덮개를 끼워 맞췄다. 액자에 담고 나니 그럴 듯했다.

나원이가 말했다.

"이러니까 정말 뭐 하나 완성한 것 같다. 책은 다 못 읽었지만."

"우리 그럼 내년에도 계속 책 읽는 거야?"

효은이가 물었다.

"그래야지."

내가 대답했다.

나는 방학하고 내내 책을 붙든 끝에 네 번째 권까지 읽었다. 목표에는 한참 모자란다. 하지만, 그래서, 책을 계속 읽을 수 있다. 앞으로도 한참 더 책을 읽을 시간이 있다. 이 책을 고르길 잘했어. 결코 끝나지 않을 것 같은 책. 그렇게 계속될 우리. 프루스트 클럽. 이 책을 다 읽는다면 다시 다른 책을 시작하면 돼. 다른 이름으로, 그래도 변함없을 거야.

"이거 여기다 걸을까?"

내가 묻자 효은이가 말했다.

"좁다. 밖에 걸어. 카페 쪽에."

"그럼 오데뜨에게 물어 보고."

"아니, 집에 가져가."

나원이가 말했다.

"어? 왜, 그냥 둬도 좋은데."

"뭐야, 집에 가져가기 싫은 거야? 내가 도로 가져간다?"

"그런 게 아니라."

나원이는 계속 퍼즐 액자를 내가 집에 가져가야 한다고 고집을 부렸다.

"그래, 선물 받은 거니까 집에 가져가는 게 낫겠다."

효은이가 정리했다. 나는 고개를 끄덕이고, 나원이의 도움을 받아 노끈으로 액자를 묶어 들고 가기 쉽게 만들었다.

"나라고 생각하고 부디 잘 간직해 줘."

"유언 같다."

나는 생각 없이 웃었다. 나원이는 어깨를 으쓱 들어올렸다.

저녁때가 되자 사람들이 여럿씩 들어왔다. 대부분은 오데뜨의 친구들과 내게도 낯익은 단골들이었다. 카페는 왁자지껄한 소음과 음악과 온기로 가득 찼다. 온기를 나눈다. 교실과 이 곳에서 나눠지는 온기는 얼마나 똑같고 또 다른가. 웃고, 먹고, 음악을 들었다. 무대에 사람들이 올라 이야기를 하고, 기타를 치고, 피아노를 연주했다. 다들 우리 셋보다 나이가 많은 사람들이었지만 신경 쓰이지 않았다.

"사진, 찍어도 될까요?"

제영군이 조심스러운 태도로 물었다.

"사진요?"

제영군은 무거워 보이는 검은 수동 카메라를 들고 있었다.

나는 망설이다 고개를 끄덕였다.

"윤오 너, 아까 내가 찍겠다고 했을 땐."

"뭐?"

나는 빨리 말을 잘랐다. 효은이는 얼굴을 일부러 찡그리더니 쿡 웃었다. 제영군의 카메라 앞에서 나원이와 효은이와 나는 어깨동무를 하고 섰다. 어색하다. 제영군은 시간을 들여 초점을 맞춘다. 하하, 나원이가 웃는다. 제영군의 얼굴이 빨개진다. 찰칵, 찰칵, 소리가 나고.

"사진은 자주 찍어요?"

내가 물었다.

나원이와 효은이는 음식을 더 가지러 갔다. 제영군은 고개를 끄덕였다.

"여기, 카페도 아는 형이 소개해 줬는데, 누나 친구요. 그 형이 사진을 찍었거든요. 처음엔 내가 춤추는 거 찍는다고 해서 만나고 그랬는데, 찍는 걸 보니까 해 보고 싶어서요. 그 형한테서 좀 배웠어요. 여기 알바도 소개 받고."

"그 형이, 오데뜨 친구?"

"네. 이 카메라도 그 형한테서 선물 받은 거예요."

스완. 스완이다. 갑자기 꼭 그렇다는 생각이 들었다.

"그 형, 오늘 왔어요?"

제영군은 고개를 저었다.

"얼굴 본 지 오래 됐어요."

스완은 오지 않았구나…… 찰칵. 나는 당황해서 얼굴을 들었다. 찰칵. 제영군은 한 번 더 사진을 찍었다.

"……뭐예요."

"아, 괜찮은 줄 알고…… 찍지 말까요?"

"말라는 게 아니라."

당황스러웠다. 아니, 당황스럽다기보다는 그냥, 말로 표현할 수 없는 기분이었다. 제영군은 카메라를 내렸다.

"내가 찍어 줄까요?"

나는 손을 내밀었다.

"네? 아니……"

나는 빳듯이 카메라를 받아들고 뷰파인더로 제영군을 보았다. 수동 카메라로 세상을 보는 것은 처음이다. 제영군의 말에 따라 서툴게 초점을 맞추고, 조리개를 움직인다. 카메라 너머의 제영군은 흐려졌다가 뚜렷해지고, 제영군 뒤의 배경 또한 물을 섞은 듯 탁해졌다가 맑아지기도 한다.

"찍을게요. 하나, 둘……"

나는 뜸을 들이고, 제영군은 표정을 짓지 못한다. 웃음이 났다. 웃느라 셔터를 누를 수 없었다. 웃다가, 찰칵.

늦어도 열한 시까지는 집에 가야 해서 나는 파티가 끝나기 전에 나왔다. 나원이와 효은이도 나와 함께 나왔다. 퍼즐 액자까지 들자 짐이 많아졌다. 오데뜨가 문가에서 우리를 한 번씩 안아 주었다. 따뜻했다. 제영군도 우리 쪽으로 와서 수고했다고 인사를 했다. 오데뜨가 말했다.

"그럼 조심해서 잘 들어가."

"뒷정리를 못 도와서 어쩌죠."

나원이가 말했다.

"정리는 무슨. 제영군이 다 하고 갈 테니까 걱정 말고."

제영군이 힘차게 고개를 끄덕였다.

"아, 오데뜨, 이것."

잊을 뻔했다. 나는 액자를 나원이에게 건네고서, 가방을 열었다. 포장한 공책. 목록. 모두 이백스물일곱 권, 스완의 책.

"어머, 뭐야. 선물인 거야?"

오데뜨는 기뻐하며 공책을 받았다.

"이따가 풀어 봐요."

오데뜨의 반응을 보고 싶기도 하지만 나중에 물어 보면 되니까. 우리는 모두 웃으면서, 손짓을 주고받으며 문을 나왔다. 계단을 오르다 뒤돌아보았다. 오데뜨와 제영군은 아직 들어가지 않고 문가에 서 있었다. 오데뜨가 손을 흔들었다. 안녕. 나도 마주 손을 흔들었다.

"뭐였어?"

효은이가 물었다.

"스완의 책, 목록으로 정리한 것."

쓸데없는 짓을 한 것인지도 모른다. 하지만 오데뜨에게는 그 목록이 정말 의미가 있을 수 있을 것 같았다. 있기를 바랐다.

바깥 공기는 아주 차가워서 얼음에 얼굴을 대고 있는 것 같았다. 하지만 카페 안이 워낙 더웠던 터라, 아니면 내 몸이 너무 뜨거웠던 터라 찬 공기가 시원했다.

"어, 시원하다!"

"코트도 벗어, 그럼."

나원이가 목도리를 두르며 말했다. 나원이는 추위를 많이 탔다. 갑자기 차가운 것이 목에 닿았다.

"앗, 차가워!"

나는 움츠러들며 소리를 질렀다. 효은이가 눈 뭉친 것을 내 코트 안으로 쑤셔 넣었다. 나원이는 마구 웃었다.

"너희 말야……"

사랑스러웠다. 무언가를 함께 해 보고자 한 것. 그래서 정말로 함께 한 것. 나누고, 받은 것. 절대로 잊을 수 없는 일.

"새해 복 많이 받아라."

나원이가 말했다.

"오냐. 너도."

"이제 열여덟이다."

"으으."

효은이의 말에 나는 진저리를 쳤다. 열여덟이라니. 그 숫자는 너무 꽉 차 있는 것처럼 보여서 내 것 같지가 않았다.

"짝수여서 그래. 홀수 나이가 더 나아 보인다니까."

"하지만 열아홉이 되면? 그건 더 끔찍한데."

"너무 하는 거 아냐?"

열아홉이 되는 나원이가 투덜거렸다.

열일곱. 다시는 돌아오지 않을, 가장 완벽하게 불완전했던 나이. 나는 중얼거렸다.

"가장 어울렸어."

"응?"

효은이가 무심하게 대꾸했다.

"고마워."

나는 작게 말했다. 나원이도 효은이도 들을 수 없을 정도로 작게. 두 사람은 들었는지 못 들었는지, 갑자기 큰 소리로 캐럴을 부르기 시작했다. 지나가던 행인들이 돌아다보았다.

"뭐냐, 미쳤다, 아주."

나는 웃으며 말했다.

나원이와 효은이는 아랑곳하지 않고 팔까지 흔들면서 씩씩하게 노래를 불렀다. 나도 따라서 흥얼거렸다. 눈이 쌓인 골목. 주황색 가로등. 구름이 없어 까맣기만 한 밤하늘. 희게 빛나는 별들. 투명한 밤. 끝과 시작을 일러 주었던, 예지의 밤.

나는 세상의 가장 높은 곳에서 세상을 내려다보는 기분이었다. 굴곡진 산과 기다란 흉터 같은 강과 뿌옇게 흐려지는 지평선. 이제 내가 가야 할 곳이 한눈에 보이는 것 같았다. 나는 길을 잃지 않을 수 있을 것이다. 잃어도, 잃은 게 아닐 것이다. 어디에 닿아도 좋을 것이다. 나는 자유로울 것이다 정말, 그럴 수 있을 것 같았다.

집에 오니 딱 열한 시였다. 준비한 변명을 되뇌이며 초인종을 눌렀지만, 어이없게도 엄마는 이미 자고 있었다. 오빠가 문을 열어 주었다. 뭐야, 더 있다 올 걸.

오빠가 손가락으로 내 이마를 쿡 눌렀다. 무슨 소리야. 이렇게 늦게까지 뭘 했는데. 엄마가 얼마나 걱정했는지 알아?

뭘. 그냥 주무시잖아.

그럼 엄마가 언제나 널 기다리고 있어야 하겠니? 먼저 자면 걱정 안 하는 거야?

알았어, 알았다구.

너 진짜 좀 수상해.

다 끝났으니까 그만 해!

나는 소리를 빽 지르고 들어왔다. 한없이 하늘을 날고 있었는데 지상으로 끌려 내려온 기분이었다. 아니야, 아직은. 나는 고개를 흔들며 그 기분을 지우려고 애썼다. 나에겐, 프루스트 클럽이 있으니까. 갈 곳이 있고 만날 사람들이 있고 읽을 책이 있으니까. 그러니까 괜찮은 거라고, 날아도 좋은 거라고.

15

사라지다

깜박, 눈을 감았다 뜨니 연도가 바뀌어 있었다. 일월이 되었다. 아빠가 잠깐 일본에서 돌아왔다. 아빠가 오니까 신정도 명절 같았다. 나는 그럭저럭 나쁘지 않은 성적표를 만들어 놓기 잘했다고 생각했다. 아빠는 일본 풍습이라며 무늬가 있는 작은 종이 봉투에 세뱃돈을 넣어서 주었다. 나는 봉투를 잘 펴서 다 읽은『잃어버린 시간을 찾아서』세 번째 책 속에 끼워 놓았다.

멋진데. 고흐냐? 아빠는 내 방에 걸린 퍼즐을 보고 물었다. 고개를 끄덕였다. 속으로는 저었다. 그냥 고흐, 라고 말할 수 있는 게 아니에요. 그냥 퍼즐이라고 말할 수 있는 게 아니에요. 이건. 이것은.

나는 새해의 첫 며칠을, 거의 밖에 나가지 않고 집에 있었다. 며칠 되지 않는 진짜 방학. 곧 겨울 보충 수업이 다시 시작될 것이 었다.

아빠는 일본으로 돌아갈 때 오빠를 데리고 갔다. 오빠는 일주일 정도 일본에 있다가 올 거라고 했다. 윤오 너도 가고 싶으면 같이 갈래. 아빠가 물었지만 나는 고개를 저었다. 나는 여기에 있을 것이었다. 나원이와 효은이와 오데뜨와 제영군이 있는 곳에. 우리의 클럽과 카페가 있는 곳에. 이 곳이 나에겐 충분했다.

나원이와 효은이와 나는, 새해에는 어떻게 만날 것인지 아직 이야기를 해 보지 않았다. 언제 다시 모일지도 정해 놓지 않았다. 시간 약속 같은 건 하지 않아도 좋았다. 어차피 한 곳으로 모이게 될 테니까. 우리는 그렇게 생각하고 안일하게도 아무 준비도 하지 않았다.

새해맞이 대청소로 방을 다 뒤집어 정리하고 있는데, 나원이에게서 전화가 왔다. 그러고 보니 나원이와 전화 통화를 하는 건 처음이었다. 나는 반갑게 전화를 받았지만 곧 말을 잃었다. 나원이가 한 말은 내가 듣기를 기대한 것은 아니었다.

나원이는 말했다.

"사라졌어."

"뭐?"

농담이지, 썰렁한 농담…… 나는 수화기를 놓고 그런 생각만 했다. 믿을 수 없었다. 설마, 설마. 나는 곧장 집을 나왔다.

나원이가 건물 앞에서 기다리고 있었다. 효은이는 나보다 십 분 정도 늦게 왔다. 우리는 불안한 침묵 속에서 함께 계단을 내려 갔다.

카페의 문은 잠겨 있고 쪽지가 한 장 붙어 있었다. 새해를 맞기 위해 잠시 비웁니다. 짧은 한 문장. 오데뜨의 글씨였다.

"잠시 비운다잖아."

나는 사라진 게 아니야, 라고 덧붙였다. 오데뜨에게도 휴가는 필요할 테니까. 하지만 오데뜨는 우리에게 그런 말을 한 적이 없었다. 옆집 쌀가게 아저씨에게 물어 보니 올해가 시작되고 나서 한 번도 못 봤다고 했다. 우리는 이름을 붙일 수 없는 불안감을 안고, 그 앞을 떠나지 못하고 벌벌 떨면서, 그렇게 기다리고 있으면 오데뜨와 제영군이 돌아오기라도 할 것처럼 서 있었다. 나는 제발 어디 따뜻한 데 들어가 몸을 녹였으면 하는 생각이 간절했다. 너무 추운 날이었다. 서걱, 반쯤 언 피가 겨우겨우 온몸을 돌고 있는 듯한 기분이었다.

"돌아올 거야."

나는 거듭 말했다. 오데뜨는 돌아올 것이다. 떠난 적도 없었던 것처럼 돌아와 자리에 앉아 있을 것이다. 대답하지 않고, 나원이는 잠긴 문을 물끄러미 바라보았다. 효은이는 아랫입술을 꼭꼭 씹고 있었다.

그 다음 주까지도 오데뜨는 돌아오지 않았다.

나는 매일 카페로 전화를 걸었다. 아무도 받지 않았다. 나원이도, 효은이도 계속 전화를 했을 것이다. 왜 아무도 오데뜨의 연락처를 받아 놓을 생각을 하지 못했을까. 오면 언제나 있을 거라고, 왜 착각했을까. 제영군의 연락처도 물론 몰랐다.

나는 우리가 마지막으로 모두 함께 있었던 그 날 밤을 머릿속에서 되돌려 보고 또 되돌려 보았다. 마지막 모습들. 만일 오데뜨가 이미 떠나기로 마음을 먹었던 것이라면, 어떻게 그 날 아무것도 모를 수가 있었을까. 혹시 오데뜨는 암시를 주었는데, 내가 눈치 채지 못한 것이었을까. 아니면. 숨이 막혔다. 그게 나 때문이라면, 내가 스완의 책 목록을 만들어 주었기 때문이라면. 하지만 이젠 물을 수도 없고 답을 들을 수도 없다.

"나, 다음 달에 캐나다 간다."

그리고 침묵. 나는 그 말의 뜻을 새기지 못해 잠깐 멍한 기분이 들었다. 왜? 캐나다는 왜? 외삼촌이 놀러 오래? 갔다 온다고? 그게 아니라는 것을, 사실은 너무나 잘 알고 있었지만.

나원이와 효은이와 나는 카페 근처 분식집에서 점심을 먹고 있었다. 효은이와 나는 보충 수업을 마치고 같이 왔다. 카페가 열리지 않았다는 것을 알면서도 모였다. 눈으로 확인해야만 하는 일들이 있다. 카페 문은 잠긴 채 그대로였고 오데뜨의 쪽지도 약간 구겨지고 먼지가 탔을 뿐 그대로였다.

내가 하고 싶은 질문을 효은이가 물었다.

"왜?"

"어…… 유학이랄까."

나원이가 어색한 표정으로 말했다.

"네가 유학을 간다고? 안 간다고 하지 않았어?"

효은이가 믿지 못하겠다는 듯이 되물었다. 나원이는 그렇게 이상해? 하면서 웃었지만, 하나도 나원이 같지 않았다. 그런 웃음은.

나는 들었던 컵을 세게 내려놓았다. 스테인리스 컵이 탁자 유리와 부딪쳐 쨍그랑 소리를 냈다.

"안 간다며!"

나는 나원이에게 마구 화를 냈다. 화를 냈던 것 같다. 내가 어떤 표정을 하고 있었는지 스스로 의식할 수 없었다. 차라리 나원이가 자기 별로 간다고 우겼더라면, 아니, 아무 말 없이 사라졌다면 나았을 것 같았다. 처음 내게 나타났을 때처럼, 그렇게 갑작스레 떠나 버렸더라면.

나는 소리를 질렀다. 나원이를 향해서, 오데뜨를 향해서, 제영군을 향해서. 사라진 것들과 사라지게 될 것들을 향해서. 이렇게 끝날 거라면, 시작도 안 했다면 좋았을 거잖아. 어째서, 어째서?

나원이와 효은이는 우리 집 앞까지 나를 따라왔다. 나는 뒤에서 부르는 목소리를 무시하고 걸었다. 둘이 버스를 타는 것을 알고도 보지 않았다. 아파트 앞에서 나원이가 팔을 잡았을 때도, 나원이가 내 원수라도 되는 듯 팔을 뿌리쳤다.

"윤오야, 내 말 좀 들어. 김윤오……"

"이거 놓으란 말이야!"

나는 나원이를 밀쳤다. 거의 울 것 같은 나원이의 얼굴을 보았다. 비슷한 표정을 짓고 옆에 서 있는 효은이도 보았다. 눈물이 쏟아졌다. 나는 뛰어서 마침 일층에 있던 엘리베이터를 타고 올라가 버렸다.

집에는 아무도 없었다. 나는 내 방에 들어와 침대맡에 걸어 놓은 퍼즐 액자를 떼 내었다. 방바닥에 팽개치고, 코트를 입은 채로 침대에 들어가 이불을 뒤집어썼다. 나는 말 그대로, 아이처럼 엉엉 울었다.

오데뜨도 나원이도, 왜 나에게 미리 알려 주지 않은 거지? 왜 준비할 시간도 주지 않는 거지? 아니, 왜 나는 하나도 미리 알아차리지 못한 거지? 나는 뭘 하고 있었던 거지?

이렇게 끝난다…… 끝나 버린다. 견딜 수 없이 무거운 상실감이 밀려왔다. 왜 모든 일은 바래져야만 하는 걸까. 왜 까발려지게 되는 걸까. 영원히 계속될 거라고 믿었던 건 아니었지만. 아니, 아니다. 나는 믿고 있었다. 정말로 영원히 계속될 것처럼.

나는 울다 지쳐 잠이 들었다.

얘, 윤오야, 일어나 봐, 전화 받아. 얘는 무슨 코트를 입고 잠을 자니.

엄마가 어깨를 토닥이며 나를 깨웠다. 머리가 무겁고, 눈이 아프다.

……어?

전화 받으라니까.

나는 잠이 덜 깨서 멍한 상태로 전화를 받았다.

"야, 김윤오, 너 정말 너무한다."

효은이였다. 화난 목소리. 효은이의 목소리를 듣자 확 정신이 들었다. 기억이 돌아왔다. 나는 아무 말도 하지 않았다.

"얼마나 많이 전화했는지 알아?"

내가 자는 동안 전화를 했던 모양이었다. 창 밖은 어둑해져 있었다.

"우리 아직도 니네 아파트 앞에 있단 말이야."

"뭐?"

"나원이가 못 가겠대서 이러고 있잖아. 네가 나올래, 우리가 올라갈까?"

"……"

"잠깐 기다려, 나원이 바꿔 줄게."

"됐어."

나는 빨리 효은이를 막았다. 나원이와는 말하고 싶지 않았다.

"그냥 가."

미안해, 라는 말이 목까지 올라왔지만 말하지 않았다. 유치하다고, 너무하다고 욕을 먹어도 나는 지금은 나원이를 보고 싶지도, 듣고 싶지도 않았다.

"김윤오, 너 진짜 이럴 거야? 가뜩이나 오데뜨 때문에 심란한데……"

"그러니까 나 신경 쓰지 말고 집에 가라니까."

"너어……"

효은이는 말을 하다가 말았다. 옆에서 나원이의 목소리가 작게 들렸다. 됐어. 그냥 윤오 하고 싶은 대로 하라고 그래. 가자. 나는 더 울컥하는 기분이 들었다.

"알았어, 우리 간다. 추워 죽겠네, 정말. 그럼 네가 나원이한테 전화를 하든지."

"……가."

"몰라, 바보야."

효은이가 전화를 끊었다. 부엌에 있으면서 통화를 다 들었을 엄마는 나에게 묻고 싶은 게 많은 얼굴이었지만, 내 얼굴을 보더니 말을 삼켰다. 나는 방으로 돌아왔다. 방바닥엔 퍼즐. 뿌려진 씨는 바람에 날려 사라진다. 남자는 갈 곳이 없다. 노란 들판은 거기서 끝났다. 그 밖에 무엇이 있는지는 아무도 모른다. 길을 잃지 않을 거라고 생각한 게 언제였는지 까마득했다. 나는 퍼즐을 책상 옆으로 치웠다. 보고 싶지 않았다. 내가 아무리 바보라 해도, 잘못하고 있는 거라고 해도, 지금은 보고 싶지 않았다.

사흘 동안 나는 걸려 오는 전화를 받지 않고 아무 데도 가지 않고 방 안에만 있었다. 보충 수업도 나가지 않았다. 담임이 뭐라 하든 상관없었다. 불안해진 엄마는 내 눈치를 보느라 학교에 가란 말은 하지 않았다.

그럼 학원 다니면 어떨까. 집에 있는 것보단 낫지 않겠니. 엄마는 말했다. 학원, 이라니. 모든 것을 날려 버린 나에게 남은 유일한 제안. 나는 말없이 숟가락을 내려놓고 식탁에서 일어났다.

너 요즘 정말……

엄마.

오빠가 엄마를 말렸다. 그때 전화벨이 울렸다. 오빠가 눈짓을 했다. 네가 받아.

나는 거실로 가서 전화를 받았다. 나에게 걸려 온 전화일 줄은 몰랐다. 나원이나 효은이였다면, 전화를 끊었을 것이다.

"김윤오네 집이죠."

들어 본 듯한 낯선 목소리.

"전데요."

잠시 말이 끊겼다가, 그 아이는 자기 이름을 말했다.

"……누구라고?"

목이 말랐다.

"그때, 찾아와 줘서, 고맙다는 말을 하고 싶었어."

굴곡이 없는 목소리였다. 거의 편안하게 들렸다.

"그때는 나도 좀 놀라기도 하고 그래서…… 네 얼굴을 다시 보게 될 줄은 몰랐거든."

"그래."

나는 겨우 대답을 한다. 그 아이는 한참 말을 끊는다. 어떻게, 왜, 무슨 생각으로 내게 전화를.

"너, 미안하다고 했지."

"그래."

"내가 불쌍해 보였니?"

"아니야!"

말이 세게 튀어나왔다. 그런 게 아니야, 그렇게 생각한다면……

"난 불쌍하지 않아."

"……"

"잘 살아. 나는 정말 잘 살 거니까."

나는 아무 말도 못 하고 있다. 내 말은 메말라 가슴 바닥에 붙어 있는 것 같다.

"다시 보지 말자."

"……"

"안녕."

전화가 끊겼다. 누군데? 엄마가 물었다. 나는 전화기를 쥐고 자리에 주저앉았다. 뭐지. 뭐야…… 갑자기 나원이가 너무 보고 싶었다. 윤오야, 왜 그래. 오빠가 어깨를 두드리며 물었다. 나는 고개를 마구 저었다.

어지러울 때까지 그러고 있다가 나는 나원이네 집으로 전화를 걸었다. 내가 울면서 미안하다고 해서, 나원이는 당황했다.

"말할 수가 없었어. 네가 싫어할 거 알았으니까. 미안해, 윤오야. 내가 미안해. 어?"

뭐가 뭔지 하나도 알 수 없었다. 가슴이 조각조각 갈라지는 것 같았다. 그러면서, 나는 분명하게 깨달았다. 사라진 것을 인정해야 해. 받아들여야 해. 도저히 그럴 수 없을 것 같지만, 그래야 해. 나는 알아 버렸다. 돌이킬 수 없는 일은, 피할 수도 없다는 것을.

나는 떼 놓았던 퍼즐을 도로 걸었다. 그러고도 고개를 들어 퍼즐을 바라보지는 못했다. 이건 뭐지? 이것은. 퍼즐, 이라고 대답할 수 있다면 차라리 좋겠지만.

16

마지막 모임

나원이는 이월 말에 떠난다고 했다. 나원이가 가기 전에, 우리는 마지막으로 효은이네 집에서 모였다. 효은이가 우리를 초대했다. 나는 지하철에서 나원이를 만나 함께 효은이 집을 찾아갔다. 집에는 효은이만 있었다.

깔끔하고 환한 아파트였다. 커다란 소파에 앉고 나서야 나는 내가 긴장하고 있었다는 걸 깨달았다. 언젠가 이야기했던 절망의 집을 보게 될까 봐. 겉으로 봐서는 그렇지 않았다. 나는 일부러 유심히 집 안을 살피지 않았다. 혹시나 그런 흔적을 발견하게 될까 봐 두려웠는지도 모르겠다. 거실 창문으로는 강이 보였다.

"강이 보이는 풍경이 우울증에 안 좋다든가, 좋다든가."

나원이가 중얼거렸다.

효은이가 귤과 과자가 담긴 쟁반을 들고 부엌 쪽에서 나왔다.

"내 방으로 가자."

효은이의 방은 잘 정돈되어 있었고 훨씬 다정한 느낌이었다. 먹으면서 이것저것 잡담을 했지만 셋 모두 집중하지 못하는 건 뻔했다. 평온을 가장하고…… 어디서 그 구절을 읽었더라. 책이었던가, 나원이의 시였던가.

"어제 거기 가 봤어."

나원이가 말했다.

카페를 부를 때, 우리는 이제 그 곳, 거기라고만 했다. 막연하고 모호한 호칭. 절대 인정할 수 없는 일.

"아직도 그렇지?"

효은이가 물었다.

"거기 옆에 복덕방도 가 봤어."

나원이가 말했다.

"뭐래?"

"문 닫았다고 하더라."

"……"

"그래."

"간판도 떼었어."

"뭐?"

"안 돌아올 건가 봐."

"그래……"

우리는 잠시 말이 없었다. 모두 같은 것을 생각하고 있겠지. 아니, 다른 것들을 생각할지도 모른다. 우리는 같은 경험을 했지만 그건 하나도 같지 않을 것이다. 그리고 재어 볼 잣대도, 기준도 사라져 버렸으니 그 경험은 그것으로 완결되어 버렸다. 다 읽은 책처럼. 그 뒤가 아무리 궁금해도 조잡한 상상으로 빈약하게 채울 도리밖에는 없는 것처럼.

갑자기 효은이가 일어나 책장을 뒤지더니 책을 두 권 꺼냈다.

"자. 이건 내 선물."

하얀 문고판 『잃어버린 시간을 찾아서』 첫째 권. 프랑스 어 원서였다. 나원이는 책을 조심스럽게 들춰 보고 말했다.

"새 책과 함께 끝나는구나. 끝나는 거랑 시작하는 건 언제나 맞물려 있다더니."

"다 읽으면 연락해."

"이걸? 아니면 번역본?"

"아무거나."

"지금부터 프랑스 어를 배워서 읽으려면 몇 년이나 걸릴까."

"배우기는 하려고?"

"그럼, 책도 받았는데 배워야지."

나는 짐짓 심각하게 말했다. 나원이도 웃으며 고개를 끄덕였다.

"죽기 전에만 다 읽어, 이건."

효은이가 말했다.

"나는 뭐 줄 거 없나. 아, 있구나."

나원이는 가방을 뒤지더니 휴대용 시디 케이스를 꺼내 시디를 한 장씩 주었다.

"여기, 내가 좋아하는 것들이야."

나도 뭔가 주고 싶었다. 하지만 줄 게 없었다.

"뭐야, 난 아무것도 준비 못 했어."

미안해졌다. 효은이는 고개를 저었다.

"괜찮아. 그 동안에 받은 거 많아."

"준 게 뭐가 있다고."

"왜 없어? 넘치게 많지."

우리가 주고받은 것들. 이젠 추억이라고 말해야 하겠지만.

"그래도 좋았지, 우리."

"진짜 끝나는 것처럼 얘기하네."

"네버엔딩 스토리라고 해줘. 지금 끝나는 게 아니라."

"받아들여, 이게 끝이지 뭐야."

우리는 침묵했다. 나는 무대 뒤에서 2막을 준비하고 있었는데, 갑자기 연극은 끝나 버렸다. 무대의 불이 꺼지고 관객들은 모두 나갔다. 나는, 난 이제 시작인데. 내가 외운 대사들은, 내가 입은 무대 의상과 분장은? 무대에서 터져 나왔어야 할 나의 힘과 열정은 어디로 가야 하는 것일까. 나는 이제야 뭔가 할 수 있을 것 같은데.

"카페가 사라졌으니 클럽도 사라지는 건가."

내가 말했다.

"아냐, 프루스트 클럽은 영원하다!"

"F가 아니라 P잖아. 발음 똑바로 해."

"따지긴, 어차피 한글로 쓰면 그게 그건데."

나원이는 투덜대었다.

효은이는 빙긋 웃다가, 갑자기 떠올랐다는 듯이 말했다.

"오데뜨는……"

또다시 침묵. 말하면 안 되는 이름을 듣기라도 한 듯이. 오데뜨. 아직 묻고 싶은 게 많은데. 알고 싶은 게 있는데.

"나중에 만나게 되면, 꼭 서로한테 알려 주기야."

"사진도 받아야 하는데."

내가 말했다.

송년 파티 때 오데뜨는 무척 많은 사진을 찍었다. 그리고 제영군도. 제영군. 갑자기 마음이 저려 왔다. 효은이가 웃었다.

"하하, 사진, 맞다. 그게 증거잖아."

"생각해 보니까, 진짜 증거가 완벽하게 사라진 거 같다. 카페도 없어지고 사진도 없고. 우리가 그렇게 했었다는 걸 이젠 어떻게 증명하지?"

나원이가 말했다.

증거 인멸. 마치 꿈처럼, 그 순간의 희미한 기억만이 남아 있다. 카페 '잃어버린 시간을 찾아서'는 사라졌다. 차원의 틈새로 빨려들어간 것처럼, 닫힌 문 안에 우리의 시간과 웃음과 눈물을 담은 채. 우리에게 남겨진 것은 아무것도 없었다.

"증명 못 하는 거지, 뭐."

"우리가 알고 있잖아. 기억하잖아. 그걸로 충분해."

효은이가 말했다.

효은이의 집을 나온 건 오후였다. 집에 다른 사람이 오기 전에 나가야 한다는 것을 어렴풋이 알 수 있었다. 효은이는 바래다 준다며 따라 나왔다.

나원이가 말했다.

"겨울에는 말이지, 아침하고 저녁밖에 없는 거 같아. 정오까지 아침이고, 곧바로 저녁이 되는 거야. 하루가 아주 긴 것도 같고, 또 아주 짧은 것도 같아."

"지금은 저녁이야, 그러면?"

"이제 해가 질 테니까."

아직은 해가 지지 않았다. 서쪽 하늘에 걸린 해. 아니, 이상하다. 저기가 서쪽인 걸 알고 해가 서쪽에 있으니 저녁이구나, 이렇게 생각하는 건 아니다. 해가 지고 있으니까 저기가 서쪽인 걸 아는 거다. 어쨌거나 햇빛은 눈부셨다. 하늘은 파랬고 구름이 그려진 것처럼 알맞게 끼어 있었다. 한 걸음 뒤에서 걷던 효은이가 말했다.

"김윤오, 머리 좀 빗고 다녀."

"그렇게 심해?"

나는 머리를 흔들어 보았다. 뭉친 머리카락이 얼굴에 부딪쳤다. 머리카락은 많이 자라서 전학 오기 전과 비슷해졌다. 주머니가 따뜻해서 손을 빼기는 싫었다.

"그래도 예쁘지?"

내가 웃으며 말했다. 보지 않아도, 효은이와 나원이가 웃고 있는 것을 알았다. 나는 뒤돌아보지 않고 계속 웃었다. 그러자 눈물이 났다. 이젠 뒤돌아볼 수가 없었다.

나원이는 떠났다.

나원이가 가기 전 날 나는 나원이를 만났다. 효은이는 없이 둘 만이었다. 나원이네 동네 롯데리아였다.

“짐은?”

“거의 다 챙겼어. 가지고 갈 것도 별로 없고.”

“첼로도 가져가?”

“일단은.”

나원이는 머리를 자르고 안경을 바꿔서 달라 보였다. 그래도 여전히 이나원 같았다. 이번에 가면 언제 올지 모른다. 나원이는 방학 때마다 한국에 올 형편이 못 되었다. 아무리 외삼촌이 있다고 해도 나원이는 그 사람에게 계속 의존하지는 않으려 했다. 가서 익숙해지는 대로 알바를 찾겠다고 말했다. 그게, 나원이다웠다.

“나는 언제나, 내가 받아야 할 것들을 다 받지 못하고 있다고 생각했었나 봐.”

나원이가 말했다.

“이게 내가 받아야 할 것인지는 모르겠지만 난, 더 넓은 세계로 가고 싶었어.”

“그래.”

나는 말을 삼켰다. 알고 있다. 나원이는 좁은 방 안에 갇힐 수 없는 커다란 날개를 가졌다는 것을. 내겐 그 애가 날아가는 것을 막을 힘도, 권리도 없다는 것을.

나원이는 컵을 만지작거리다가 말했다.

"사랑했어."

"됐어."

"아니, 정말로. 진짜. 그 여름부터. 모든 것이 완벽했는데."

그리고 나원이는 웃었다.

"야, 무슨 바람 피우고 미안해, 그래도 사랑했어, 이런 거 같지 않냐?"

"아주 다른 것도 아니네. 너는 가 버리는 거니까."

웃으며 말했는데도 나원이 얼굴이 살짝 굳었다.

"됐어, 됐다니까."

"……미안해."

"자꾸 그러면 나 화낸다."

"그래도. 그냥. 미안하다."

나는 속으로 중얼거렸다. 괜찮아. 괜찮을 거야. 나도, 너도. 어디서든, 뭘 하든, 누구랑 있든 넌 정말 잘해 낼 거야. 넘어지더라도 스스로를 일으켜 세우고 씩씩하게 걸어가겠지. 나는 말했다.

"그런 사람이든 일이든, 꼭 찾았으면 좋겠어."

"응?"

나원이가 말했던 것. 왜 나를 찾고, 카페를 찾고, 책을 읽으려 했는지에 대한 대답.

"네가, 네 모든 것을 쏟아 붓고 싶어지는 순간에, 그걸 받아줄 누군가가 있었으면 좋겠다고. 일이든, 뭐든."

"그래."

"그럼 전 세계를 이나원화 하는 거야? 엄청 판이 커지겠네."

"하하핫."

나원이는 웃었다. 나원이는 그럴 것이다. 나원이는 어디서든 사랑할 대상을 찾아 낼 것이고, 사랑할 것이고, 자신을 나누어줄 것이다. 세상은 조금씩 나원이의 모습을 닮아 갈 것이다. 아마 한참 지난 후에 나는 누군가를 보고 당신 혹시 이나원의 친구가 아니야, 하고 묻게 될지도 모른다. 만일 그럴 수 있다면, 나는 안심할 수 있을 것 같았다.

나원이가 말했다.

"세상은 왜 이렇게 뻔할까. 갈 수 있는 길은 왜 이렇게 적을까. 아니, 적진 않은데 다 누군가가 간 길이야."

"네가 가는 길은 너밖엔 모르는 길이야."

나는 그렇게 믿고 싶었다. 나원이는 나원이답게, 아무도 가지 않은 길을 가는 것이라고. 가장 알맞은 길을 찾아가는 것이라고.

휘둘리지 않고 자기 길을 가는 나원이. 그래서 나는 나원이가 어른들의 말에 따라 유학을 가기로 결정한 것이 싫었다. 그 길이 나원이에게는 또 다른 길이라는 것을 인정하고 싶지 않았다. 아니, 복잡하게 따질 것 없이 나는 나원이가 내가 닿을 수 없는 곳으로 가려는 것을 받아들일 수 없었다. 하지만 잡을 수 없는 것들이 있다. 아무리 우겨도, 질 수밖에 없는 게임도 있다.

돌이킬 수 없는 것들. 비켜 갈 수 없는 것들.

계속 꿀 수는 없는 꿈들.

나원이가 떠나는 날. 늦잠을 자도 좋을 텐데 너무 눈이 일찍 떠졌다. 처음부터 공항에 갈 생각은 한 번도 해 보지 않았다. 그런데 집에 있을 수도 없었다.

겨울 아침, 언젠가는 없어질, 사라질, 잊혀질, 그리고 잊을 풍경.

시디 플레이어에 나원이가 준 시디를 넣었다. 부서지고, 다시 태어나는 음악. 모든 것은 너무나 풍요롭고 가난하다. 눈부시게 넘치는 아침의 햇살과 차게 가라앉은 냉랭한 공기.

나는 충동적으로 버스를 타고 또 갑작스레 버스에서 내렸다. 강은 가까이 보였지만 걸어가려면 제법 멀었다. 복잡한 계단을 올라 다리 위로 갔다. 음악은 규칙도 없이 예측할 수도 없이 자유롭게 흘러가고 강물은 서쪽을 향해, 예정된 결말을 향해 조용히 흘렀다. 더러웠다.

익숙치 않은 새해의 옷을 입고 모든 것에 작별을 고해야 하는 일월. 시작처럼 보이는 끝. 상처. 상처가 어떻게 아무느냐는 그 후에 달렸어, 윤오.

이렇게, 끝났다.

17

끝 이후

이학년이 되었고, 효은이는 다른 반이 되었다.

가끔 복도에서 마주쳤다. 효은이는 잘 지내는 것 같았다. 나도 그랬다. 이학년은 일학년 때와는 달랐다. 지낼 만했다. 내 어깨에서 힘이 빠진 것인지도 몰랐다. 나는 덜 신중해졌고 좀 더 말이 많아졌다. 같이 밥을 먹는 아이들도 생기고 애들이 빌려 온 만화를 보는 대열에도 끼게 되었다. 엄마는 생일 선물로 사 달라는 말도 안 했는데 핸드폰을 사 주었다. 생각보다 귀찮지는 않았다.

나는 토요일이면 버릇처럼 도서관에 갔다. 닫힌 카페 문 앞에는 언제나 우편물이 가득했다. 뒤적여 보았지만 쓸 만한 건 없었다. 나는 계단에 앉아 어둠 속에 가라앉은 듯 보이는 문을 보며 이 문 뒤에 있던 것들을 생각했다. 이 문은 이렇게 여전한데, 아직도 밀면 따랑, 맑은 종 소리와 함께 열릴 것 같은데. 손을 대면 차갑고, 또 뜨거운 느낌. 그 안이 비어 있는지 차 있는지 알 수 없었다.

카페 옆집 쌀가게도 곧 문을 닫고 골목은 점점 더 낡고 조용해졌다. 사람도 거의 다니지 않는 것 같았다. 사람 손이 닿지 않는 버려진 건물들은 쇠락한 궁정처럼 폐허가 되었다.

돌아오지 않는 거야. 무거운 확신.

나는 골목에도 도서관에도 가지 않게 되었다.

나원이에게서는 딱 두 번 편지가 왔다. 나는 첫 번째 편지에만 답장을 썼다. 눈에서 멀어지면 마음에서도 멀어진다는 식은 아니었다. 다만 나는 백지 위에 잘 있었니, 라고 쓰기 시작할 때의 그 공허함을, 현실적인 거리감을 견딜 수 없었다. 나원이도 나를 잊은 것은 아닐 거라고 생각했지만 망각보다 더 무거운 무언가가 우리 사이에 놓여 있었다.

나원이는 두 번째 편지에서 그 여름과 가을과 겨울에 대해서 썼다. 가끔은 그게 다 꿈이었던가 싶어져. 윤오야, 너도 진짜 사람 같지 않아. 지금도 나는 반쯤은 의심하면서 산타클로스에게 편지를 쓰는 어린애가 된 기분이야.

나도 그 기분을 잘 알았다. 나는 답장을 쓰지 못했다.

나는 이학년 때도 도서관 야자를 했지만 효은이는 안 했다. 학원을 다닌다고, 언뜻 말한 것 같다. 따로 둘이 만나는 일은 없었다.

가을쯤에 복도에서 마주친 효은이와 잠깐 이야기를 한 적이 있었다. 어떻게 지내, 그런 사소한 이야기 끝에 효은이가 물었다.

"아직도 그 책 읽고 있니?"

"지금은…… 미뤄 두었어."

나는 효은이가 비웃거나 비난할까 봐 약간 겁먹고 방어적이 되었던 것 같다.

효은이는 다시 물었다.

"왜 하필 그 책이었어?"

나는 선뜻 대답하지 못하고 침묵을 끌었다. 왜 그 책이었지. 창가에 선 효은이의 머리카락이 햇빛에 거의 주황색으로 보였다. 반짝였다.

"몰라."

그냥 그렇게만 대답했다. 어렵고 지루하고 긴 책. 하지만 왜 그래야 했을까. 효은이는 가볍게 고개를 끄덕이고 자기 교실로 들어갔다. 나는 나중에야 대답을 발견했다. 그 책은, 약속의 담보 같은 것이었다고. 무엇도 걸 수 없고 무엇도 믿을 수 없었기에 우리는 그 책을 읽기로 한 것이었다고. 아주 어렵고 길고 읽기 힘든 것을 다 읽을 때까지 곁에 있자는 약속. 아주 어렵고 길고 힘든 때에 함께 있자는 약속. 끝내 지키지 못한 약속.

효은이와 둘이 이야기한 것은 그게 마지막이었다.

고 삼이 되고 봄에 효은이가 자살했다.

여름 방학 직전에야 그 사실을 알았다. 왜 요즘은 효은이랑 마주치지 않을까, 생각하긴 했지만 그 반으로 찾아가지는 않았다. 효은이가 갑작스럽게 이사를 갔다고 담임이 거짓말을 해서 그 반 아이들도 여름이 된 뒤에 알았던 모양이었다. 효은이의 죽음은 뒤늦은 폭풍처럼 학교를 휩쓸고 갔다.

학교에는 효은이의 유언장 사본이 떠돌았다. 진짜인지 가짠지도 알 수 없었다. 효은이의 언어가 싸구려 우상이 되고 있었다.

이거 봤니?

순해 빠진 짝이 보랏빛 종이에 출력한 유언장을 내밀었다. 종이를 받았다. 무거웠다. 뜨거웠다. 들고 있기 힘들어서 나는 그 종이를 찢었다.

어머, 야! 짝이 소리를 지르고 아이들이 돌아봤다. 나는 한마디도 하지 않고 잘게 찢어진 조각을 모아 쓰레기통에 버렸다. 눈물은 한 방울도 흘리지 않고, 가방도 들지 않고 나는 그대로 밖으로 나갔다. 어떻게 계단을 내려가 교문을 빠져 나가 카페까지 갔던 것일까. 교문에서 수위 아저씨가 불렀던 것 같기는 하다. 하지만 붙잡지는 않았다, 못했다.

카페가 있는 골목 어귀에 갔을 때에야 정신이 들었다. 다리가 아프고 숨이 차고 목이 마르고 더웠다. 나는 잡초가 피어난 낡은 담에 기대어 쭈그리고 앉았다.

가 봤자야, 저기엔 아무것도 없어. 알고 있잖아.

나는 그 자리에 앉아 이 년 전의 여름과 가을과 겨울, 그 곳과 그 책과 그 사람들이 산산조각 나는 것을 바라보았다. 부서진다. 깨진다. 끝나긴 했어도 남아 있었는데. 아프긴 했어도 언젠가는 웃으며 그때를 이야기할 수 있을 줄 알았는데. 이젠 아니다.

효은아…… 목이 막혔다. 효은이의 얼굴도, 목소리도, 손짓도, 웃음도 깨어졌다. 다시는 도로 맞출 수 없을 정도로 산산이. 그래서 나는 울 수도 없었다.

다음 날 아침 담임이 교무실로 나를 불렀다. 아직 젊은 선생은 야단부터 치지는 않았다. 가뜩이나 불안정한 고 삼, 괜히 몰아붙였다가 죽어 버리겠다고 대들면 곤란할 테지.

야 인마, 너 같은 애들이 무게중심을 잡아 줘야 애들이 안 흔들리지. 네가 그러면 어떡하냐.

나는 대꾸하지 않았다. 담임은 내 얼굴을 들여다보면서 망설이듯 물었다.

신효은이하고 친했니?

덜컹. 무너진다. 나는 뭐라고 대답해야 할까. 친했어요, 친구였어요. 같은 반이었어요. 도서관 야자를 같이 했거든요. 그리고, 그리고. 나는 아무 말도 하지 못했다.

담임도 말을 고른다. 그에게도 이 모든 일은 당혹스럽고, 그의 경험치를 뛰어넘는 일일지 모른다.

그래도 살아남은 사람은 열심히 살아야지.

담임은 조그맣게, 자신감 없이 중얼거린다. 차라리 막무가내로 왜 어제 말도 없이 중간에 나갔냐고 화를 내고, 제대로 하라고 하고, 걔가 죽은 게 너랑 무슨 상관이냐고 하고, 수능이 백일도 안 남았는데 공부나 하라고 소리를 쳤으면 나았을지도 모른다. 그럼 나도 잔뜩 가시를 세우고 바락바락 덤비면서 소리지르고, 맞고, 울고, 그랬을 것이다. 그럼 넘어설 수 있었을지도 모른다. 하지만 세상의 모두는 그렇게 여리고 그렇게 아무것도 모르고, 부딪쳐 폭발할 수 있는 벽조차 없으므로 나도 그렇게 멈추었다.

나는 부서진 조각을 밟고 피를 흘리며 교무실을 나왔다.

내 방문을 열고 들어오자 눈에 꽂히는 건 퍼즐이 담긴 액자. 저게 왜, 저기에 있지? 안 돼, 제발. 생각하고 싶지 않아. 기억하고 싶지 않아. 이젠 나원이도 오데뜨도 제영군도, 카페도 클럽도 책도 기억해선 안 된다. 기억할 수 있다는 가능성조차 남길 수 없다.

마음이 흔들려 버리니까. 가슴이 조이니까. 소름이 돋으니까. 손톱이 손바닥을 파 들어가도록 손을 꽉 쥐게 되니까. 울지 않으려고, 입술을 깨물게 되니까.

들판도 까마귀도 태양도 씨 뿌리는 남자도, 이미 산산조각이 나 버렸으니까.

나는 문을 닫기로 했다. 깨진 조각들을 그 안에 남기고서. 그 문은 내가 원하지 않았을 때에, 생각도 못 했을 때에 닫혔던 것이지만 사실 내 안에서는 열려 있었던 것을, 이제 나는 정말로 닫는 것을 택했다.

닫아 버린다. 잊기로 했다. 그러자 괴로움이 덜해졌다. 이런 것이었구나. 잊는다는 것, 기억하지 않는다는 것, 잃어버린다는 것은. 없었던 것으로 한다는 것은.

다시는 찾지 않을, 기억하지 않을, 나의 잃어버린 시간들. 부서진 조각들.

나는 퍼즐 액자를 떼 내어 기억할 수 없을 만한 곳에 치웠다.

일본, 겨울, 미술관에서 오는 길

죄송합니다.

사람들에게 밀려 옆에 서 있던 사람의 발을 밟았다. 말하고 나서야 내가 한국어가 통하지 않는 다른 나라에 와 있다는 것을 깨달았다. 여기는 어디지? 나는 뭘 하고 있는 거지? 눈에 들어오는 것은 푸르고 노랗고 검은 것. 완전히 하나로 이어진 그림.

미술관의 공기는 답답하고 사람은 여전히 많다. 얼마나 오래 이 곳에 서서 이 그림을 보고 있었는지는 알 수 없지만, 나는 이제 그 그림을 기억하고 있다. 알아보고 있다.

마지막 조각까지 맞췄어. 이런 그림이었다. 이런 기억이었다.

맞춰진 것, 완성된 것은 단단하고 투명하여 유리와 같고 나무와 같은 공의 모양을 하고 있다. 그 서늘하게 묵직한 공을 두 손에 쥐고 이제야 나는 처음부터 끝까지 볼 수가 있다. 그 이야기가 그렇게 시작되었던 것과 끝났던 것을. 이렇게 아름다웠던 것을. 그렇게 잊기로 했던 것을.

깨어졌으니까 버리려고 했던 거야, 효은아.

가슴이 갈라진다, 목이 메인다. 울지 않으려고 목이 뻐근하게 아프도록 힘을 준다. 그래도, 다시 불러 본다. 신효은. 그리고 오데뜨, 제영군. 나원이의 이름도. 부르는 순간마다 이 공을 도로 부수어 던져 놓고 이 문을 닫고 뒤돌아 잊고 싶다. 하지만 기억해야 할 것을 기억하지 않는 것도 거짓이니까. 거짓 위에 뭔가를 쌓을 수는 없는 것이라 배웠던 것을, 이제 다시 기억하니까.

그래요, 오데뜨. 마주 해야 할 때는 오는 것이었어요. 언젠가는 열렸어야 할 문이었어요. 더 도망치지 않고 이제라도 마주 할 수 있게 되어서 다행이었어요. 난 이제 거짓말을 하지 않을 거예요. 아무 일도 없었던 것처럼 덮어 놓지는 않을 테니까.

비로소 긍정할 수 있는 힘을 얻는다. 자신이, 그렇게 약하기만 한 것은 아니었음을 깨닫는다.

나는 깨졌다 다시 맞춰진 흔적이 남아 더욱 아름다운 그 유리나무 공을 바닥에 내려놓고 돌아 나온다. 문 안의 세계가 내가 살 곳은 아니다. 하지만 나는 문을 닫지는 않는다. 열어 두기로 한다.

미술관 건물 밖에 나오자 눈이 부신다. 눈물은 얼고, 마른다. 아직은 시들지 않은 햇빛. 찬 바람이 불고 구름이 반짝인다. 갑자기 모든 것이 제자리를 찾은 것처럼 보인다.

미술관을 나온 사람들은 즐거운 듯 웃고 높은 소리로 이야기하며 내 옆을 지나간다. 좋았어, 대단하더라, 아니면 그냥 시시했어, 감상을 나누고 있겠지. 나도 그렇게 말하고 웃으며 누군가의 손을 잡고 싶다. 사람의 따뜻함을 느끼고 싶다. 가까이에 서고 싶다. 말 한 마디 통하지 않는 사람일지라도 온기를 나누고 싶다.

이제 겨우, 이제 드디어 책을 마저 읽을 것이다. 얼마나 많은 시간이 걸릴지는 모르겠지만, 읽다 멈추고 다시 시작하고 그렇게 반복하게 될지도 모르지만 나는 책을 읽을 것이다. 다 읽고 나면 나원이에게 편지를 쓸 것이다.

책을 다 읽었어. 잊고 있었던 것들을 기억해 냈어.

왜 부서져도 아름다운 거라고, 잊을 수 없는 거라고 생각하지 못했던 것일까.

책을 다 읽었으니 정말 끝난 것일까. 끝났으니 시작할 수도 있는 것일까.

내게 남은 것은 기억. 흉터가 되어 가는 상처. 하지만 흉터라도 있는 게 나으니까. 내 밋밋한 얼굴은 그 길고 깊은 흉터를 중심으로 새롭게 조직되어 갈 거야. 나만의 얼굴이 되어 갈 거야.

이 낯선 바닷가 도시에는 겨울인데도 푸른 나무들이 있다. 잎들은 반쯤 얼어 있지만, 바람이 따뜻해지면 새 잎처럼 피어날 것이다. 읽다 만 책은 어디에 있더라, 퍼즐은 책상 아래 두었던가. 퍼즐을 뒤집어 다시 맞추는 것도 좋겠지. 쌀죽을 끓이는 것은 어렵지 않을 거야. 생각하면서, 나는 온 길을 따라 역으로 걸었다.

작가의 말

이 이야기가 어떤 이야기가 될 줄, 처음부터 알고 있었다고 생각했다. 그런데 그렇지가 않았다.

나는 너무 쉽게 제목과 이름들을 정했고 끝이 어떻게 될지도 알고 있었다. 하지만 중간은 텅 비어 있었다. 내가, 윤오가 어떻게 거기까지 갈 수 있을지는 알지 못했다. 쉬울 줄 알았는데 아니었다. 계속 헤매다가 어느 순간에는 이 이야기가 죽어 버린 거라고 생각했다. 그건 참 끔찍한 깨달음이었다. 그랬던 이야기가 어떻게 도로 살아났는지도 나는 알지 못한다.

결국은 끝까지 왔지만, 이렇게 써 버린 것을 후회하게 될지도 모른다. 읽어 주었으면 하는 사람도 있지만 절대 읽지 않았으면 하는 사람도 있다. 내가 이 이야기를 왜 쓰게 되었는지도 모르겠다.

역시나 모든 것은 알 수 없다. 앞으로 어떻게 될지도 모른다.

수없이 넘어지고 증오와 좌절이 뭔지 조금씩 더 알아 가고, 자신이 싫어졌다가 세상을 원망하게 될지도 모른다. 엄청난 일을 겪었다 해서 그 다음부터는 살기가 쉬워지는 것도 아니다. 힘들었지, 이젠 좀 쉬도록 해, 하는 건 마라톤 직후의 몇 십 분 정도. 그리고 나선 집까지 걸어가야 하고 다시 온갖 일들에 휘말리게 된다. 좋은 것이든 나쁜 것이든 겪으면 겪을수록 둔감해지고 움츠러들게 되는 건 아닐까 싶기도 하다.

하지만 이 이야기를 접으면서, 괴로웠던 일도 괴로웠으니까 다행이었다고 생각하게 되었다. 바닥에 닿았다는 그 자체로 의미가 있는 것이라고 생각한다. 가장 나쁜 건 무감각한 것. 하루라도 웃거나 울거나 미친 듯 기쁘거나 화내지 않았다면 사는 게 아니다. 우울에 잠겨 허우적거리는 게 평정을 유지하는 것보다 낫다. 아무것도 몰라 혼란스러운 것이 다 아는 것처럼 정리되어 있는 것보다, 더 살아 있는 것 같다.

나는 아직도 윤오가 어떤 아이인지 모른다. 처음에는 윤오도 나이고 나원이도 효은이도 오데뜨도, 제영균마저도 나라고 생각했다. 그런데 지금은 그 누구도 내가 아니라는 것을 안다. 읽으면서, 이건 내 이야기인가 생각할 사람이 있을까. 그렇다면 즐거울 텐데. 당신을 만나지 않았더라면 쓸 수 없었을 것들이 있으니까. 내게 직접 묻는다면 나는 무조건 아니라고 대답하겠지만.

나는 이 이야기를 모른다. 어쩌면 그걸 아는 것은 내가 아닐 것이다. 그렇게 생각하면 조금 위로가 된다.

아무것도 알지 못하는 나는, 아무것도 알지 못한다는 것을 즐기려 한다.

벽이 보이는 순간에, 벽 너머에서 풀밭에 누워 햇빛을 쬐는 나를 상상한다.

벽을 오를 건지, 부술 건지, 돌아갈 건지, 아니면 아예 없다고 상상하고 통과해 버릴 건지 아직은 모른다. 그래서, 즐겁다.

2005년 8월

김혜진

그리고,

내가 열일곱 살 봄까지 살았던 곳은 은평구 갈현동이다. 나는 여전히 그 곳의 꿈을 꾼다. 가파른 골목과 라일락 나무, 좁은 계단. 꿈 속의 집은 늘 비어 있고 햇빛만 가득 차 있다.

내가 다닌 고등학교에는 도서관은 없었지만 도서실은 있었다. 나는 도서실의 전집들을 반쯤은 의무감으로 읽어 치웠다.

야자를 끝내고 운동장을 가로지르던 겨울, 밤하늘에는 늘 오리온자리가 떴다. 별자리를 이루는 별들의 색이 다 다른 것을 그때 알았다.

오에 겐자부로의 『그리운 시절로 띄우는 편지』와 미하엘 엔데의 『자유의 감옥』은 빌려서 읽었다. 가지고 싶었지만 끝내 헌책방에서도 찾아 내지 못했다. 헤르만 헤세의 『유리알 유희』는 누군가에게 빌려 주고 받지 못했다.

고흐의 전시회가 열렸던 곳은 요코하마 미술관이다. 나는 조금은 겁을 먹고 있었지만 길을 잃지는 않았다. 열일곱 살이 되던 겨울이었고, 첫 번째 일본 여행이었다. 아버지가 살았던 동네는 도쿄 외곽의 고쿠분지이다. 조용하고 공원이 많았다. 집 앞 골목에는 작은 꽃다발을 내어 놓고 파는 꽃가게가 있었다.

캐다나에서 온 편지들에 답장을 하지 못한 것은 편지를 받았던 그때, 내 자신을 싫어하고 있었기 때문이었다. 앞으로도 편지가 올지, 내가 정말 먼저 편지를 하게 될지는 지금도 알 수가 없다.

부서지고 다시 태어나는 음악은 키스 자렛의 「쾨른 콘서트」이다. 나는 먼 길을 떠나는 사람들에게 그 음반을 선물하곤 한다.

도서관 문학실에는 지금도 그 할아버지가 있지만 모자를 쓴 여자는 이제는 없다.

열아홉에 죽은 것은 동갑내기 사촌이다. 나는 여전히 그 애의 이름을 부르기가 힘들다. 일 년 전쯤에 똑같은 이름을 가진 다른 사람을 알게 되었다. 웃으며 그 이름을 부르게 되기까지는 시간이 필요했다. 그 아이가 함께 있었던 나의 시간들을 웃으며 떠올리게 되기까지는 아직도 더 많은 시간이 필요할 것이다.

내 방 벽에는, 아직도 그 퍼즐 액자가 걸려 있다.